걷기 좋은 유럽, 읽기 좋은 도시, 그곳에서의 낭만적 독서

현대 철학 사전 · 현대 철학 교사 · 소통하지와 수필적 글쓰기

도시를 걷는

문장들

걷기 좋은 유럽, 읽기 좋은 도시, 그곳에서의 낭만적 독서 ─── 강병융 지음

한겨레출판

떠나고,

읽고,

행복하기를

시베리아 횡단 철도 위, 노보시비르스크에서 예카테린부르크로 가는 기차 안에서 톨스토이의 《안나 카레니나》를 읽었다. 4인실 침대칸 2층에 홀로 누워서. 며칠간 봐왔던 차창 밖 풍경은 여전히 아름다웠지만 더 이상 놀랍지 않았고, 객차 안은 적당히 건조하고 따뜻했다. 열심히 달린다고 티를 내는 기차 소리가 귀에 거슬렸지만, 행복했다. 그리고 문득, 이런 생각이 들었다.

"불행한 여행에 저마다 이유가 있듯, 행복한 여행도 다 다르다."
Like each unhappy travel is unhappy in its own way,
all happy travels are different as well.

읽고 있던 톨스토이 덕분에 든 생각이다. 엉망이 되어버린 여행 끝에는 다양한 핑계가 꼬리처럼 매달리게 마련이다. "음식이 별로야." "사람들이 불친절하지 뭐야." "물가는 또 왜 그렇게 비싸." 행복한 여행에도 이유는 가지각색이다. "그 나라 음식은 환상적이었어!" "좋은 친구들을 많이 만났지!" "그렇게 싸고 맛있는 커피는 어디서도 마신 적이 없었다고!"

여행의 행불행은 기대와 비교에서 비롯된다. 행복한 여행을 위해
선 그 중심에 '나, 자신'이 있어야 한다. 기대는 접고 비교를 버려야
한다. 기대와 비교의 자리에 나의 기준을 세워야 한다. 과한 기대를
견딜 수 있는 가정은 없다. 여행도 마찬가지다. 비교 앞에서 이 둘
은 쉽게 힘을 잃는다. '친구네 집'을 들먹이는 순간 가정은 금이 가
고, '거기보다 못한 것 같다'는 말을 꺼내는 순간 여행에는 균열이
생긴다.

내가 중심인 여행을 위해 내가 택한 방법은 '일상스러운' 여행이다.
일상에 큰 기대를 하지 않는 것처럼 여행지에서도 기대 없이 즐기
자, 어차피 여행은 일상이 될 수 없으니. 피곤하면 늦잠을 자고, 보고
싶은 영화가 있으면 극장을 찾고, 아침에 늘 마시던 에스프레소를
즐기고, 보드를 타고 거리를 누비고, 틈나는 대로 읽고. 다만, 읽기를
온전히 즐기기 위해 학술이니 학문이니 하는 무겁고 진지한 것들은
집에 두고 떠나자. 떠날 때는 옷도 책도 가벼운 것이 좋다. 쉽게 누
리지 못했던 일상의 행복을 누리는 것, 그것이 내 여행의 지향이다.
지금의 아쉬움을 채울 수 있는 곳, 그곳이 바로 참 여행지다. 그곳에
서 읽은 책이 최고의 책이고. 여행 중에 읽었던 책을 집에 돌아와 다
시 펼치는 순간, 머물렀던 곳들이 떠오르고 그 도시를 함께 걸었던
문장들이 생각난다.

이 책은 그 문장, 그 느낌, 그 장소의 기록이다. 무언가를 읽었던 유럽의 어딘가, 그 어딘가를 같이 걸었던 문장들을 여기에 공유한다. 이 책을 읽은 독자들이 내가 갔던 어딘가로 떠나고 싶어진다면, 내게 감동을 줬던 책들을 읽고 싶어진다면 저자로서 더없이 행복할 테지만, 더 바라는 바는 여행을 사랑하는 모든 사람들이 저마다의 여행법을 찾는 것이다. 또 책 읽기를 좋아하는 이들이 자신만의 독서법을 찾는 것이다.

나는 확신한다. 그날 시베리아 횡단 열차를 타지 않았더라도 행복했을 것이다. 여행의 행복은 장소가 아닌, 내가 만드는 것이니까. 내겐 '떠나서 읽음' 그것이 행복이다. 그 '행복'을 책으로 묶어준 한겨레출판, 특히 오혜영 님에게 고마움을 전한다. 또, 떠나고 싶다. 행선지는 중요하지 않다. 좋은 책 한 권만 동행한다면야.

2019년 5월, 또 유럽의 작은 도시에서
강 병 융

차
례

·

1부

다뉴브의 물결처럼
잔잔했던

유럽의 가운데에서 읽다

다뉴브의 물결처럼 잔잔했던

라디오 같은
도시에서의
산책

가령 잉글랜드 런던의 옥스퍼드 거리나 프랑스 파리의 몽마르트르 언덕 혹은 스페인 마드리드의 푸에르타 델 솔 광장 아니면, 이탈리아 로마의 트레비 분수도 좋고, 오스트리아 빈의 슈테판 대성당도 나쁘지 않을 것 같다. 그러니까 유럽에서도 꽤 알려진 도시의 랜드마크 주변을 걷고 있다고 상상해보자. 날씨는 돌아다니기 딱 쾌적한, 온도와 습도가 각각 20도, 50퍼센트 안팎이라서 불쾌지수가 있을 리 없다면 기분까지 최고로 쾌적할 것이다.

이런 쾌적한 마음으로 저런 멋진 유럽의 거리를 걷고 있다면 어떤 기분이 들까? 드라마 혹은 영화 속의 누군가가 된 것 같은 착각이 들지 않을까? 주인공까지는 아니더라도, 뭔가 더 근사한 인물이 된 듯한 착각 같은 것 말이다. 자연스럽게 머리 위로 그동안 봤던 유럽 배경의 영화들이 떠오르지 않을까? 예컨대 리처드 링클레이터나 우디 앨런이 만든 작품들. 어쩌면 유럽의 도시를 배경으로 만든 한국 로맨틱 드라마가 떠오를지도 모른다.

자!
그럼, 이제 이런 상상을 해보자.

'브라티슬라바Bratislava'를 걷고 있다. 브라티슬라바 성도 좋고, 메인 광장Hlavné námestie도 상관없고, 다뉴브 강변을 걷는 것도 나쁘지 않으며, 구시가 곳곳에서 재치 있는 포즈를 취하고 있는 동상들을 보면서 산책을 해보는 것도 괜찮다. 상상해보자, 브라티슬라바의 가장 아름다운 거리를 걷고 있다고.

어?
어떤 상상을 해야 하는지 모르겠다고?
잘 상상이 되지 않는다고?
처음 들어보는 도시라고?
도통 모르겠다고?

모르면 어때?
그렇다고 산책을 못하는 건 아니잖아!

브라티슬라바는 슬로바키아Slovakia의 수도이다.
이상하게도 슬로바키아는 오스트리아의 바로 옆 나라
이지만, 사람들이 많이 찾지 않는다. 심지어 비엔나와 브
라티슬라바는 세계에서 수도 간의 거리가 가장 짧아, 비
엔나에서 한 시간 남짓이면 브라티슬라바에 갈 수 있지만
찾는 이는 많지 않다. 슬로바키아는 유로를 쓰고 있어 환
전도 필요 없는데 말이다.

1993년 체코슬로바키아가 체코와 슬로바키아로 분리
된 이후, 체코의 수도 프라하는 전 세계인이 사랑하는 최
고의 관광지로 거듭났지만, 슬로바키아의 수도 브라티슬
라바는 유럽 사람들도 잘 모르는 도시가 되고 말았다.

그래서 상상하기 힘든 도시.
그래서 상상 속에만 있는 도시.
그래서 상상해볼 필요가 있는 도시.
그래서 상상을 하고, 걸어볼 만한 도시.

'상상의 도시', 브라티슬라바를 여러 차례 걸었다. 걸을 때마다 이런 생각을 했다.

'이 도시는 참 라디오를 닮았구나!'

도시가 라디오 같다는 것은 어떤 느낌일까?

도시는 라디오처럼 소박하다. 과한 건물이 없다. 한 나라의 수도이면서 아주 소박하다. 그러나 라디오처럼 친근하다. 사람들은 과하지 않게 친절하고, 물가는 저렴하다. 볼거리가 많진 않지만 대신 라디오처럼 생각할 거리를 던져준다. 볼거리가 많지 않은 소박한 거리를 걷다 보면 자연스럽게 나에게 집중이 된다. 아무런 볼거리가 없이 듣기만 할 때, 그 내용에 집중할 수 있는 것처럼. 나에게 집중하면서 생각할 수 있게 만들어주는 도시. 정해진 순서 없이 중간부터 들어도 어색하지 않은 점도 역시 '라디오'스럽다.

도시가 크지 않아 동선을 굳이 만들 필요도 없다. 중간부터 들어도 괜찮은 라디오 음악방송처럼 적당히 편하고, 적당히 익숙하다. 계속 함께해도 그다지 질리지 않는다. 오늘 들은 방송을 내일 들어도 좋은 것처럼 이 도시는 한 번 찾고, 두 번 찾아도 괜찮다. 어디선가 본 것 같지만,

사실 그렇지 않은 점도 비슷하다. 방송이 매일 다른 것처럼 다시 찾은 도시는 매일 다른 감정으로 다가온다. 심지어 공존하고 있다는 것까지 잠시 잊게 되는 느낌이 그 도시에서는 든다. 정말 라디오와 같다. 익숙해진 라디오 방송은 듣고 있어도 듣고 있는 것 같지 않은 느낌을 주곤 한다. 이 도시가 딱 그렇다. 내가 여행자인지 원래 이곳에 살았던 사람인지 구별할 수 없게 만들어준다.

언젠가 브라티슬라바에 대해 물어보는 친구에게 난 이렇게 대답했다.

"라디오 같다. 신선하진 않지만, 익숙해!"

일 때문에, 여행자의 자격으로, 여행을 오가는 길에 이 도시를 자주 만나거나 지나쳤다. 일주일을 묵기도 했고, 한나절을 발만 담그고, 떠나야 했던 적도 있다. 도시에서 친구를 만나 긴 수다를 떨기도 했고, 한국이라면 감흥이 없었을 한식을 먹으며 행복했던 기억도 있다. 몇 개 있지도 않은, 아니 그래서 더욱 소중한 관광 명소를 가족들과 즐기기도 했고, 이름 모를 축제에 들떠서 함께 춤을 추기도 했고, 홀로 심야 영화를 본 적도 있다.

내가 듣지 않아도 누군가는 들으면서 언제나 즐거워할 라디오 방송. 내가 원하면 언제든지 다시 들을 수 있는 라디오 방송 같다는 생각.

그러던 어느 날, 도시에 어울리는 책을 읽게 되었다. 그래서 '책'과 '도시'의 만남을 주선했다. 굳이 책을 들고, 굳이 도시를 다시 찾았다. 이미 다 읽은 책을 들고 '라디오를 닮은 도시'의 골목을 누비다가 아무데나 앉아서 다시 그 책을 읽었다. 아무 에피소드나 펼쳐 읽었다. 때론 다 읽고, 때로는 중간에 덮기도 했다.

다뉴브 강변에 앉아, 낭만적으로 시간을 공유하는 연인들을 **로맹가리가 저글링**하는 상상을 했다. 슬로바키아식 젤라토 아이스크림을 먹으면서 나의 딸을 떠올렸고, 동시에 **빼삐용 아빠처럼 장애인 아버지로 살아가는 것은 어떤 것일까**에 대해 어설피 상상해보기도 했다. 광장의 작은 축제에 모인 사람들을 보면서 **한국 시장에서 만날 수 있는 다양한 삶을 가진 사람들**을 떠올렸다. 브라티슬라바 성에서 도시를 내려다보며 느낀 소박하지만 일상적인 아름다움 때문에 혹시 이것이 **간월도의 달**이 지닌 정서와 비슷하지 않을까 짐작을 하기도 했다. 슬라빈Slavin 묘지에서는 **먼저**

21

떠난 사람, 불치병에 걸린 사람, 다른 이들의 욕심 때문에 다른 삶을 살아야만 하는 사람들에 대해서, 또 궁극적으로 삶과 죽음에 대해 고민했던 것 같다.

생각들은 라디오의 음악처럼, 라디오의 시보처럼, 자연스럽게 머릿속에 들어와 때론 오래 멈췄다가 나갔고, 나를 놀라게 했다가 금방 잊히기도 했다. 때로 다시는 떠올릴 수 없을 것 같이 몸 밖으로 스르르 빠져나가 사라져버리기도 했다. 라디오에서 한 번 들은 노래를 기억 못하는 것과 같이.

그래서 더 좋았던 것 같다. 어느샌가, 볼 것들이 너무 많아 아무것도 보고 싶지 않은 세상이 되어버렸기 때문인지도 모르겠다. 그래서 '라디오' 같은 것이 꽤 그리워지는 요즘이라 더 좋았는지도 모르겠다.

브라티슬라바를 걸으며 읽었던 《마술 라디오》의 정혜윤 작가는 이렇게 말했다.

"사람들 가슴속에는 라디오가 한 대씩 들어 있다"고. 사람들의 가슴속에 라디오가 한 대씩 있는 것처럼 '라디오와 같은 도시'도 하나씩 품고 살았으면 좋겠다. 그러면 네루다가 발레파라이소에서 말했던 것처럼 세상의 일부만 보고도, 세상을 다 본 듯한 깨달음을 얻을 수 있을지도 모를 일이다.

- 《마술 라디오》, 정혜윤 지음, 한겨레출판, 2014
- 본문의 굵은 글씨는 정혜윤 작가의 에세이 《마술 라디오》에 수록된 내용을 인용 혹은 영감을 얻은 것들입니다.

"굳이 하지 않아도 되는 일을 하는
영리하지 않은 사람들이 세상을 세상답게 해."

이 말은 명백히 틀린 말이라고 생각해요. 세상을 세상답게 바꾸는 영리하지 않은
사람들이 하는 일, 굳이 하지 않아도 되는 일이 세상에 정말 필요한 일인 경우가 많
습니다. 당장 필요하지 않은 일을 하는 용기 있는 사람이 진짜 세상에 필요한 사람
인 것 같아요.

©InnaFelker

작업 중인 남자
Man at Work

어떻게 보면 정말 별것 아닌 조형물입니다. 하수구에서 일하다 말고 얼굴을 내밀고 있는 아저씨입니다. 그래도 브라티슬라바에 가서 이 아저씨를 못 보면 크게 후회하실 겁니다.

주소 811 01 Bratislava−Staré Mesto−Bratislava, Slovakia

비엔나에서
에곤 실레를 기다리며
카프카를

"여러분은 세상에서 가장 큰 기쁨이 뭐라고 생각해요?"

그렇게 물으면 학생들은 예외 없이 어리둥절한 표정으로 서로를 보곤 했다. 잠시 시간을 주면, 그들은 생각을 정리하고 하나둘씩 말하기 시작했다.

"연인과의 결혼?"

나는 고개를 끄덕이며, 그럴지도 모르겠다고 대답을 했다. 어떤 학생은 이런 대답을 내놓기도 했다.

"복권 당첨?"

살짝 웃어줬다. 수긍이 간다는 표정을 지어줬다. 하지만 뭔가 부족하다는 인상도 줬다. 학생들은 수군거리기 시작했고, 나는 이렇게 대답했다.

"바로 '나의' 기쁨! 나의 기쁨이 세상에서 가장 기쁘죠. 그게 가장 좋은 겁니다."

온전히 내 말을 이해하지 못한 학생들은 다시 수군거리기 시작했다.

"솔직히 말하면 '오늘 나의 데이트'가 '친구의 로또 1등'보다 더 좋잖아요. '나'의 손가락에 생긴 작은 상처가 '너'의 다리가 부러진 것보다 훨씬 더 아픈 것처럼 말이죠."

몇몇은 고개를 끄덕이지만, 몇몇은 이해하지 못하겠다는 표정을 지었다.

사람이란 본디 다른 이들의 기쁨도, 슬픔도 온전히 공감하기는 어렵다고 생각했다. 그냥 어디선가 배운 대로 공

감하는 척, 함께 웃어주고, 울어주는 척하는 것만으로도
충분히 인간적인 것이라고 믿어왔다. 무엇보다도 공감하
는 척하기 위해선 내가 먼저 행복해야 한다고 확신했다.
내가 불행해지는 순간, 다른 사람의 슬픔을 보듬을 여력은
사라져버린다고. 내 행복과 불행이 늘 가장 크기 때문에,
다른 이들의 행불행이 보일 리 없다고. '나'는 절대 '우리'
의 동의어가 될 수 없다. 작지만 내 것을 찾아야지. 인간답
게, 인간다운 척 살기 위해선 우선 내가 행복해야 한다고
생각했다.

　　나에게 가장 중요한 것은, 가장 큰 행복도, 가장 큰 슬
픔도 결국 오롯이 '나'에서 시작되므로. '우리'라는 틀에서
빠져나와 나를 먼저 생각하는 것이 행복의 시작이라고 믿
었다. 그래서 나를 위한 여행과 독서에 더욱 집착했다. 그
것이 우리에서 벗어나 나를 가장 온전히 행복하게 해주는
것들이기에.

　　오스트리아 비엔나와 프란츠 카프카는 내 기쁨과 행복
의 큰 지분을 차지하고 있다. 두 존재가 하나의 행복이 된
것은 대한민국 대사관 덕분이다. 둘의 조합은 우연이 아니
면 일어나기 어렵다. 슬로베니아에는 대한민국 대사관이

없기 때문에 이곳에 사는 한국 사람들은 대사관에 볼 일이 있으면 비엔나까지 가야 한다. 그래서 종종 비엔나에 갈 일이 생긴다. 대사관은 언뜻 봐도 꽤 부촌인 지역에 있으며, 지하철역까지 도보로 가는 길은 참 유럽적이다. 아기자기하게 좁은 골목, 천천히 전차가 지나가는 풍경, 유럽식 건물들의 개성, 자기만의 색을 가진 크고 작은 규모의 상점들.

비엔나에 있는 한국 대사관에서 비엔나 볼크소퍼Vienna Volksoper 지하철역까지 걸어가던 길에 있던 작은 서점Hartliebs Bücher에 들러 문고판 카프카를 샀다. 작고 아담한 책방이 마음에 들어 들어갔다가 빈손으로 나오기 미안해서 샀던 작고 아담한 책이었다. 그 후로 2.1유로의 노란 카프카가 비엔나에 여러 번 동행했다. 비엔나에서 생긴 어떤 짬에 카프카와 함께 시간을 보내면 그보다 더 행복할 수 없었다.

비엔나.

'세계에서 가장 살기 좋은 도시'라는 수식이 거추장스러울 정도로 그 자체만으로 그곳은 찬란하다. '낭만과 역사와 문화가 공존하는 곳'이라는 설명 역시 비엔나에 도착하는 순간, 마법처럼 잊힌다. 25년 전, 20대 초 처음 비엔나에 도착했을 때도, 몇 달 전 비엔나에 갔을 때도 비엔나는 언제나 특별했다. 최고의 것들이 항상 그렇듯, 비엔나를 설명하는 가장 멋진 수식은 그 자체이다.

'비엔나답다'

그것이 비엔나를 가장 완벽하게 설명하는 말. 그런 비엔나다운 비엔나를 나는 자주 가는 편이다. 핑계는 많다. 류블랴나에서 멀지 않다는 핑계, 대한민국 대사관이 거기 있다는 핑계, 친구들이 살고 있다는 핑계, 제자들이 있다는 핑계, 비엔나 대학교에서 강의할 일도 종종 있다는 핑계, 크고 작은 학술대회가 비엔나에서 많이 열린다는 핑계. 비엔나의 특별함은 그곳에 자주 갈수록 친근한 매력으로 변했다. 비엔나가 친근해질수록 더 좋아졌다. 마치 대단한 인물이 내 친구가 되어버린 느낌.

카프카의 어둠은 한마디로 설명하긴 힘들지만 매력적이다. 카프카를 자주 읽을수록 어두운 틈으로 유머가 느껴진다. 그 유머가 좋다. 그리고 무엇보다 비엔나 그리고 카프카, 이 둘의 조합이 좋다. 이 어울리지 않을 것 같은 조합은 마치 단맛과 짠맛의 조화처럼 입에 들어가기 전에는 제대로 알 수 없다. 하지만 한 번만 맛보면 누구나 중독되어버리고 만다. 달콤한 쿠키가 쓰디 쓴 에스프레소와 자연스럽게 단짝이 되어버리고 마는, 다름의 조화.

레오폴드 미술관Leopold Museum에서 에곤 실레의 작품들을 집중적으로 보다가 휴식과 함께 잠시 읽는 카프카의 작품은 그저 허세가 아닌, 행복한 허세다. 볕이 좋은 날, 쇤브룬Schönbrunn 궁전의 정원 아무 구석에나 앉아 어두침침한 방구석에 누워 있는 그레고르 잠자를 상상하는 것도 나를 행복하게 했다. 슬로베니아에서는 마실 수 없지만 세상 어디에서나 흔히 마실 수 있는, 달콤한 캐러멜 맛의 미국식 커피를 비엔나 중앙역에서 마시며 읽는 진한 소설은 감동이었다. 리처드 링클레이터의 〈비포 선라이즈〉를 촬영했던 프라터Prater 놀이공원에서 다뉴브 강을 보면서 벌레가 되어버린 인간 이야기를 읽는 것도 묘하게 낭만적이었다.

우리에서 완전히 벗어나 내가 행복해지는 찰나.

비엔나도, 카프카도 너무나 비일상적이어서 행복해지는 아이러니가 있었다.

그날도 분명히 비엔나는, 카프카는 아름다웠을 것이다.

변함없었을 것이다. 비엔나는 가는 길조차 아름다우니

말이다.

류블랴나에서 비엔나까지 가는 방법은 크게 세 가지 정도가 있다. 이름이 곧 정체성인 '비엔나로 가는 길Dunajska cesta'이라는 도로를 따라 차로 다섯 시간 정도 가는 방법, 한 번 환승을 해 기차로 가는 방법. 기차를 타면 비엔나까지 여섯 시간이 걸린다. 만약 눈 깜짝할 사이에 도착해버리고 싶다면, 비행기를 타면 된다. 차나 기차로 비엔나에 가는 길은 계절을 막론하고 풍경이 감동적이다.

그날의 선택은 기차였다.

9시 22분에 카프카와 함께 류블랴나에서 기차를 탔다. 차장 밖에는 평소처럼 아름다운 풍경이 펼쳐졌고, 카프카는 언제든 읽을 준비가 되어 있었다. 환승역인 필라흐Villach는 정갈했다. 오스트리아 역무원들은 여느 때와 같이 과하지 않게 친절했다. 15분이라는 짧은 시간 동안 플랫폼에서 있었다. 바람이 한 차례 차게 불었다. 바꿔 탄 오스트리아 기차는 더욱 쾌적했다. 오후 3시 반 무렵, 비엔나 중앙역에 도착했다. 카프카와 함께. 중앙역에서 내려 바로 레오폴드 미술관으로 향했다. 그것은 비엔나에서의 작은 루틴이었다.

여기선 늘 가장 보고 싶은 것을 먼저 보자. 비엔나에서는 한 끼 정도 거르고 미술 작품을 봐도 괜찮다. 그런 마음으로 무제움스크바르티어Museumsquartier로 향했다. 이곳은 레오폴드 미술관, 현대미술관MUMOK, 쿤스트할레 빈Kunsthalle Wien 등 오스트리아를 대표하는 미술관들이 모여 있는 곳이다. 나는 마리아 테레지아 광장Maria-Theresien-Platz에 섰다.

나는 '나의 서 있음'의 이유를 어렴풋이 알 수 있었다. 비엔나의 아름다운 광장에서 행복해 보이는 사람들을 보며, 나는 '나'의 행복을 찾는 중이었다. 그 비일상적인 행복이 좋았다.

내가 좋아하는 도시에서,
내가 원하는 소설을 읽을 수 있고,
내가 사랑하는 작가의 그림을 기대하고 있는.

그날, 레오폴드 미술관 계단에 쪼그리고 앉아 읽은 몇 줄의 카프카는 분명한 울림이 있었다. 그저 같은 문장이었고, 같은 장소였고, 같은 공기였고, 같은 기다림이었음에도.

가슴이 뛰었다. 집에서 펼치는 책에서 느낄 수 없는, 떠나와서 펼쳤을 때 비로소 느껴지는 카프카. 화첩에서는 느낄 수 없는 원본의 아우라를 느끼기 전, 그 미세한 떨림, 그 것을 아마도 나는 행복이라고 하나 보다. 떠나서 기쁜 것.

　떠나와서 읽을 때 느끼곤 한다. 그냥 좋아하는 것을 읽는 것일지도 모르지만, 그냥 보고 싶은 것을 한 번 더 보는 것일지도 모르지만, 그곳에서 하면 더 특별한 경험이 된다. 나는 나의 '기쁨'을, 나의 '행복'을 당신도 느끼길 원하는 것이 아니다. 그저 너도 '너'의 행복과 기쁨을 찾길 바랄 뿐이다.

• 《Die Verwandlung》, Franz Kafka 지음, Reclam, 2001

"도대체 나에게 무슨 일이 일어난 걸까?"

Was ist mit mir geschehen?

카프카의 《변신》의 시작은 이 문장부터라고 믿고 있습니다. 나와 세상을 향해 던지는 이 한마디.

지그문트 프로이트 박물관
Sigmund Freud Museum

비엔나의 관광지 중 비교적 평가가 좋지 않은 프로이트 박물관을 개인적으로 좋아
합니다. 작은 아파트 안을 걷고 있으면, 프로이트가 그냥 느껴지기 때문입니다. 어
떤 공간에서 어떤 사람을 느낄 수 있다면, 그것만으로 충분히 특별한 것 아닐까요?

주소 Berggasse 19, 1090 Wien, Austria

그곳은 나에게
《유령의 시간》이 된
도시

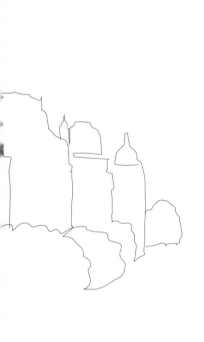

체코
프라하에서
김이정의
《유령의 시간》을 읽다

그곳에 여러 가지 이유로 여러 번 방문했다. 언제나 소설과 함께였고, 처음 갔을 때 밀란 쿤데라의 《참을 수 없는 존재의 가벼움》을 들고 갔다.

바츨라프 광장Wenceslas Square이 잘 보이는 커피숍 창가에 달콤한 초콜릿과 쌉쌀한 커피를 앞에 두고 뭔가를 기대했던 것 같다. 가령, 여기서 밀란 쿤데라를 펼치면 뭔가 신비로운 일이 일어나지 않을까? 그러길 바랐지만, 아무 일도 일어나지 않았다. 광장은 생각보다 특별해 보이지 않았고, 독서를 하는 사람은 전혀 없었다. 체코 사람들도 많지 않았다. 대부분 외국인들이었다. 그들은 세계적인 관광지에 와서 들뜬 기분 탓인지 과하게 떠들기만 했다. 세계적인 작가나 작품에는 관심이 없어 보였다.

커피나 차를 마시며 수다까지 허용되는 소란스러운 장소에서 쿤데라는 읽히지 않았다. 심지어 그런 장소에 쿤데라는 어울리지 않는 것 같았다. 날씨도, 햇빛도 참 좋았기에 더 아쉬웠다. 그곳에서 억지로 쿤데라를 펼쳤을 때, 세상은 완연한 '봄'이었지만 1968년의 느낌은 전혀 나지 않았다. 카페에 있던 대부분의 사람들은 1968년의 봄을 모르는, 혹은 그 봄을 잊은 것 같았다.

1968년 봄, 광장에서 사람들이 외쳤다.

더 나은 세상을 위해 공정한 재판이 필요하다고, 제대로 된 의회가 있어야 나라가 나라답게 된다고, 더 멋진 예술을 위해서 사전 검열 따위는 더 이상 안 된다고, 국민들은 마땅히 잘 먹고 잘 살아야 한다고, 대중의 의견이 반영된 민주적인 선거는 필수적인 것이라고, 거주 이전의 자유를 보장하라고, 마음대로 표현할 수 있는 언론, 출판, 집회의 자유를 달라고, 더 이상의 경찰 통치는 용납할 수 없다고.

이제 광장 안에도, 광장 밖에도 그런 외침의 기운은 남아 있지 않았다. 그곳은 특별한 색이 없는 무국적의 어떤 도시 같았다. 동유럽 특유의 회색빛이 떠도는.

그곳에서 프란츠 카프카와 함께 카프카를 찾아간 적도 있었다. 쿤데라와는 다른 기대감을 주는 카프카.

올드 타운에 있는 대학교 서점에서 《변신》의 영어번역본을 한 권 사고, 그 유명한 카를교를 건너, 블타바 강이 잘 보이는 곳에 자리한 카프카 박물관에 갔다. 어마어마한 기대를 갖고.

박물관 앞에는 그 유명한 커다란 K 조형물이 서 있었다. K는 어색했다. K는 카프카의 어디에 갖다 붙여도 좋다. 그것이 카프카의 K여도 좋고, 소설 《심판》에 등장하는 요제프 케이Josef K의 K여도 괜찮고, 《성》에 나오는 인물 K여도 상관이 없다. 아마도 그래서 더 어색했을지도 모르겠다. 어디에나 어울리는 상징만큼 상징적이지 않은 건 없다.

신경을 너무 써 과하게 어두침침한 조명과 심지어 우울함을 담은 어두침침한 음악까지 흐르는 카프카 박물관에서 카프카의 어둠을 찾아보려고 했지만, 국적 불명의 어두침침함, 어두침침한 멜로디만 뇌리에 남았다. 박물관이 만든 인위적 그로테스크함은 카프카의 작품에서 절로 뿜어져 나오는 그것과는 완전히 결이 달랐다.

프라하의 열 가지 이상한 조각상 중 하나라고 알려진, 성기를 내놓고 마주서서 소변을 보는 두 명의 남성 청동

상이 박물관 앞에 서 있는 이유도 이해가 가지 않았다. '오줌Piss'이라는 조각상의 제목도 딱히 인상적이지 않았다.

박물관 안에서도, 밖에서도 카프카의 어두침침한 유머를 찾을 수 있는 곳이 없었다. 그럼에도 불구하고 투덜거리며 사진을 찍고, 그 사진을 누군가와 공유하는 나를 보며, 체코 친구가 한마디했다.

"그 박물관에는 카프카가 없을지도 몰라. 근데, 카프카가 체코 작가이긴 한가?"

그의 시니컬한 말에 고개가 끄덕여졌다.

카프카는 엄밀히 말하자면, 오스트리아-헝가리 제국의 사람이고, 더군다나 유대인이었으니. 심지어 작품을 체코어로 쓰지도 않았으니. 그가 작품에 사용한 언어는 '프라하의 독일어'였으니. 그가 체코어를 잘 구사한다는 이야기는 들었지만, 체코어로 작품을 썼다는 얘기는 들은 적이 없으니.

쿤데라가 그곳에 영 어울리지 않았던 것처럼, 카프카도 그곳에 어울리지 않았다.

그 후 그곳에 갈 기회가 생겼을 때, '로봇'이라는 말을 만든 유명한 극작가 카렐 차페크Karel Čapek의 작품을 읽고 싶은 마음이 들었다. 그곳에서 차페크의 소설《도롱뇽과의 전쟁》을 읽고 있으면, 그것이 바로 진정한 유토피아적 삶 혹은 환상적인 여행이라고 할 수 있지 않을까 하는 생각을 잠시 했다. 하지만 책도 구하기 어려웠고, 새벽에 집을 나서야 해서 여행 가방에 제대로 된 책 한 권을 넣은 것만으로도 다행이라고 나는 생각했다.

슬로베니아 류블랴나에서 체코 프라하까지는 여덟 시간을 넘게 운전을 해야 한다. 그날도 그랬다. 국경을 두 번 지나야 하고, 수도(류블랴나)에서 출발해 수도(비엔나)를 거쳐 수도(프라하)에 도착하는 여정은 섬 같은 반도에서 온 내겐 이국적이었다. 그럼에도 불구하고 장시간의 운전은 피곤하기만 했다. 그 피곤을 편안한 침대와 독서가 풀어주곤 했다. 여덟 시간을 달려 도착한 킨스키 가든 Kinsky Garden 근처의 호텔에서 새벽에 챙겨 넣었던 그 책을 펼쳤다.

그의 이름은 '이섭'이었다.
대한민국에서 태어났고, 사회주의를 신봉했지만, 김일

성은 싫어했던 남자. 두 번 결혼해, 한 명은 북한에, 다른 한 명은 남한에 두고 먼저 세상을 떠나버린 남자. 그와 나는 그곳에 함께 있었다. 그곳에서 닷새를 머무는 동안, 이섭은 늘 나의 곁에 있었다. 숙소 옆 '킨스케호 정원'에서는 새우 양식을 하는 이섭을 만날 수 있었고, 이섭의 첫 번째 부인 '진'의 이야기는 카를교보다 소박하고 인간적인 레기교Legion Bridge의 중간 지점 카페에서 알게 되었다. 이섭 가족의 고달픈 서울 시민아파트 생활은 프라하 올드 타운에 위치한 겉은 고풍스럽고, 안은 너무 낡은 카를 대학교 인문대학 강의실 복도에서 들었다. 밤마다 삐거덕거리는 침대에 누워 이섭의 사연들을 하나둘씩 더 알아가며 나는 눈물을 흘리기도 했다.

그렇게 그곳, 프라하에서 김이정 작가의 《유령의 시간》을 읽으며, 주인공 이섭과 함께했다. 내가 서 있던 비현실적인 도시에서, 그가 서 있었던 비현실적인 시간을 공감하고 있었다. 나는 관광객들 틈에서 걸으며 두 개의 조국을 생각했다. 유럽식 아침 식사를 할 때는 통일에 대해 고민했다. 성당의 종소리를 들으며 전쟁으로, 이념으로 상처받은 사람들을 생각하며 아파했다. 이섭의 삶은 그렇게 프라하에서 내게 스며들었다.

그곳에 다시 갔을 때, 내 머릿속에 떠오른 사람은 쿤데라의 소설 《참을 수 없는 존재의 가벼움》에 등장하는 토마시는 분명 아니었다. 카프카의 소설 《변신》에 나오는 그레고르 잠자는 더욱 아니었다.

다른 인물이었다.

그곳은 내게 《유령의 시간》에서 살았던 '이섭'의 도시 바로 그 자체였다. 그 후로도 그곳에 여러 가지 이유로 꽤 여러 번 방문하게 되었다.

아직까지도 도시를 상징하는 문학 작품, 도시를 대표하는 인물은 그곳의 역사나 사회적 배경이 아닌 여행자의 경험에서 시작된다고 믿는다. 그래서 내게 프라하는 여전히 '이섭'의 도시이고 《유령의 시간》을 간직한 도시이다. 또한 이섭의 외침이 가장 '프라하'적이라는 믿음도 여전하다.

체코 사람들이 외쳤던 자유에 대한, 공산독재에 대한 저항의 외침이 한반도에 살았던 이섭에게서도 고스란히 내게 느껴졌기 때문이다. 프라하라는 도시에도 분명히 이섭처럼 인간이 만든 '이념'이라는 틀 때문에 긴 시간 고통받았던 사람들이 살고 있을 텐데, 라는 생각까지 하게 되면 더욱 그렇다. 그리고 그 이념의 역사로 인해 고통받는 가족들이 있을 테니 말이다.

프라하의 봄이, 체코가, 남한과 북한이, 이념의 차이가 존재하는 한, 그것으로 인해 생긴 세상의 상처가 사라지지 않는 한 프라하는 내게 '이섭'의 도시로 계속 남을 것 같다. 이섭의 도시, 프라하.

• 《유령의 시간》, 김이정 지음, 실천문학사, 2015

한
문
장
·

"그들의 숱한 동지들이 몸을 던져 이루려 했던
아름다운 세상은 도대체 어디에 있는 걸까."

가끔 그런 생각을 합니다. 정말 '아름다운 세상'이라는 것이 존재나 하는지. 하지만
누군가가 이미 몸을 던져 이루려 했던 세상이라면, 설사 그것이 아름답지 않을지라
도, 단지 그 희생 하나만으로도 우리가 찾아볼 가치가 있지 않을까요?

©Atchacapture

셰익스피어 앤드 손스 서점
Shakespear and Sons Bookstore

카를교 아래 작은 서점입니다. 파리의 셰익스피어 앤드 컴퍼니 서점Shakespeare and Company에 비할 순 없겠지만, 책을 좋아하는 사람이라면 한 번쯤 가볼 만한 곳입니다. 영어로 된 책들도 많고, 지하 1층도 있다는 사실.

주소 U Lužického semináře 91/10, 118 00 Malá Strana, Czechia

그는 정말
시인이 아니었다

그가 슬로베니아에 왔다.

그는 자신의 시를 멋지게 읽었다.

그의 시들은 슬로베니아어로 번역되었다.

그의 시에 관심을 갖는 사람들이 많았다.

그의 시를 번역하는 데 나는 힘을 보탰다.

그의 시가 슬로베니아에 많이 알려지길 바란 것도 사실이었다.

슬로베니아 수도 류블랴나에서 북동쪽으로 120킬로미터를 가면, 작은 도시를 하나 만나게 된다. 이 작은 도시는 슬로베니아에서 가장 오래된 도시이다. 인구가 2만 명 정도인 도시에 작은 호수가 있고, 좁은 강이 있고, 빨간 지붕의 집들이 있고, 도시의 이름을 딴 성이 있다. 도시의 이름은 '프투이'. 그가 프투이에 갔던 이야기를 나는 어딘가에 썼던 적이 있다.

몇 년 전, 늦여름이었다. 주말이었다. 늦은 밤 혹은 이른 새벽이었다.

새벽 2시가 넘었지만, 작은 도시는 잠들지 않았다. 잠들 수 없을 정도로 시끌벅적했다. 시립 극장 건물 안 카페에서 새벽 거리에 절대 어울리지 않는 과하게 경쾌한 음악이 흘러 나왔다. 카페 안에서는 다양한 국적의 젊은이들이 춤을 추고 있었다. '신나게'보다는 '미친 듯이'가 더 적확한 표현일 만큼 그들은 즐거워 보였다. 그들은 격렬했다. 그들은 흥분해 있었다.

그가 거기에 가자고 했다. 나는 꺼려지기도 했고, 궁금하기도 했다. 본디 그런 과함을 좋아하지 않았다. 다만 그가 가자고 하는 이유가 궁금했다. 그는 젊은 흥의 소굴로 아주 자연스럽게 들어갔다. 슬로베니아에서는, 오래된 도시에서는 거의 만나기 힘든 풍모의 그. 더군다나 주말 새벽, 춤을 추는 카페와는 전혀 어울릴 것 같지 않은 점잖게 생긴 노년의 그. 그것도 동양에서 온.

그는 태연했다. 그리고 자연스럽기까지 했다. 마치 카페에 커피를 한 잔 마시러 들어가듯, 댄스 음악이 격렬하게 터지는 젊은이들이 가득한 카페에 유유히 들어갔다. 음악은 멈추지 않았지만, 그를 본 사람들은 춤을 멈추기 시작했다. 마치 일시 정지 버튼을 누른 듯. 하나둘씩 멈추더니 종국에는 모두 멈춰 그를 봤다. 넓지 않은 스테이지를 점령하고 있던 화려한 댄서들, 바에서 술잔을 들고 소리치며 건배를 나누던 사람들도 멈췄다. 스테이지도, 바도 모두 그에게 주목했다. 그는 자신이 주목받고 있다는 사실을 분명히 알고 있었다. 눈빛들을 의식하며, 천천히 움직이기 시작했다. 템포가 빠른 음악에 걸맞지 않게 그는 흐느적흐느적 느리게 움직였다. 그는 확실히 시선을 끄는 법을 알고 있었다. 스테이지로 가는 길이 열렸고, 그 위에서 춤을 추던 젊은이들은 자리를 양보했다. 그리고 그를 둘러싸기 시작했다. 그는 중심에 섰다. 중심에 서자 점점 빠르게 움직이기 시작했다. 박자에 맞춰, 나이는 그저 숫자일 뿐이라는 말을 몸으로 증명했다. 그는 놀라울 정도로 멋지게 몸을 흔들기 시작했다. 격렬하지만 시적이었다. 강렬하지만 서정적이었다. 사람들은 환호했다. 호응하기 시작했다. 그의 동작 하나하나에 환호했다. 그는 멈추지 않았다. 카페 안은 흥으로 뜨거워졌다. 사진을 찍는 사람들, 그를 위해 건배를 하는 사람들, 그를 따라 추는 댄서들. 그렇게 그는 쉬지 않고 20분 동안 음악에 몸을 맡겼다. 젊음에 마음을 맡겼다. 그리고 분위기가 최고조에 이를 무렵, 그는 멈췄다. 사람들은 그의 멈춤을 용납하지 않을 듯한 분위기였다. 하지만 그는 정중하게 인사를 하고, 무대에서 유유히 내려왔다. 옷매무새를 다듬고, 모자를 눌러쓰고, 다시 노년의 신사가 되어 조용히 카페를 빠져 나왔다. 음악은 여전히 경쾌했지만, 분위기는 차분해졌다. 여기저기서 박수 소리가 들리기 시작했다. 그가 문을 열고 카페를 나와 골목에서 사라질 때까지 박수가 멈추지 않았다. 그는 그렇게 사라졌다.

춤을 추기 몇 시간 전, 그는 세계 각지에서 온 젊은 시인들과 와인을 마셨다. 더 정확히 말하자면, 그가 와인을 마시고 있던 테이블로 젊은 시인들이 몰려들었다. 그 중심에서 그는 자신의 이야기를 했다. 그리고 시를 읊었다. 젊은 시인들은 그의 말을, 그의 시를 받아 적기도 했다. 받아 적지 않는 사람들은 그를 빤히 보고 있었다. 그는 그 자리에서 분명히 우상이었다. 젊은 시인들의 우상이었고, 젊지 않은 시인들의 우상이었고, 시인이 아닌 사람들의 우상이기도 했다.

우상이 되기 몇 시간 전, 그는 시를 낭송했다. 프투이 브라즈Vraz 광장 특설 무대 위에서 그는 자신의 시를 낭송했다. 그가 포도주 잔을 들고 무대의 중앙에 등장했다. 그가 두 눈을 감자 청중들은 두 눈을 부릅떴다. 그를 보기 위해. 그가 입을 열자 청중들은 모두 입을 닫았다. 그의 시를 듣기 위해.

그는 자신이 쓴 〈두고 온 시〉를 읽었다.

그의 숨소리가 느껴질 정도로 광장은 조용했다. 광장은 그의 시를 위해 변하고 있었다. 결국, 완벽한 시의 공간으로 그곳은 변했다. 그는 더할 나위 없는 완벽한 퍼포머, 그 자체였다. 그의 목소리로 그 밤, 슬로베니아의 작은 도시에 한국 시가 오래오래 울려 퍼졌다.

그는 2016년 8월 말, 슬로베니아 프투이에서 열린 '시와 와인 축제Days of Poetry and Wine'의 주빈이었다. 당시 그의 세계적 명성 때문에, 같은 시기 그의 시집이 슬로베니아어로 번역 출간되었기 때문이기도 했다.

그해 여름, 그는 슬로베니아에서 세계 각국에서 온 시인들, 편집자들, 번역자들, 기자들, 독자들을 만났다. 그는 수많은 인터뷰를 했고, 독자들을 위해 강연을 했고, 무대에 올라 시를 읊었고, 대중들과 대화를 나눴고, 청춘들과 춤까지 췄다. 모두 그를 좋아하는 것 같았다. 모두 그를 주인공이라고 했다.

그리고 그의 시를 번역하는 작업에 참여했던 나는, 그런 그를 이렇게 평가했다.

그는 시인이 아니었다.
그는 그 자체로 완벽한 '시'였다.

나는 완벽하게 틀렸다. 그때 나는 이렇게 썼어야 했다.

그는 시인이 아니었다고.
그의 인생은 그 자체로 완벽한 '거짓'이었다고.
'고은태', 그는
시도, 시인도, 그 무엇도 아니었다고.
그래서 너무 슬프고도 화가 났다고.

• 《두고 온 시》, 고은 지음, 창비, 2002

"그럴 수 있다면 정녕 그럴 수만 있다면
갓난아기로 돌아가
어머니의 자궁 속으로부터
다시 시작하고 싶을 때가 왜 없으리."

하지만 그럴 수 있는 사람은 세상에 없습니다. 다시 시작하고 싶을 때 가장 먼저 해
야 하는 것은 진정한 사과일 것입니다. 사과에는 조건이 붙으면 안 됩니다. 이유가
붙으면 안 됩니다. 시기를 특정하면 안 됩니다.

프투이 성
Ptuj Castle

한적함을 원하는 분에게 권합니다. 성은 한적합니다. 올라가는 길도, 올라가서도. 성 안에서 차도 한잔할 수 있어요. 아주 한적하게. 그리고 한적한 곳에서는 생각이 깊어지기 마련입니다.

주소 Na Gradu 1, 2250 Ptuj

CHAPTER —— 02

유럽의 동쪽에서 읽다

HUNGARY BUDAPEST
POLAND POZNAN
CROATIA PLITVICE
ROMANIA CLUJ-NAPOCA

어두울 것 같지만 더 밝은

내가 알아들은
그 한마디

부다페스트만큼 관광객을 귀찮게 하는 도시도 별로 없다.

한낮에 어부의 요새의 아름다움을 본 사람이라면, 밤에 어부의 요새를 한 번 더 찾아야 하고, 마차시 성당의 외견을 보고 감탄했다면, 그 안에 들어가 한 번 더 놀라야 하며, 페스트 지역에서 국회의사당의 웅장함에 놀랐다면, 부다 지역에서 부다 성을 본 뒤 성을 등지고 국회의사당을 다시 봐야만 한다.

부다페스트는 그런 식으로 관광객들을 귀찮게 한다. 무엇이든 한 번만 보고 말 수 없게 만드는 매력을 지닌 도시, 그 귀찮음이 살짝 불편한 도시, 부다페스트.

　그 도시에 나의 친구가 살고 있다. 우리는 러시아 모스크바에서 함께 공부를 했고, 내가 그곳에서 학업을 이어가는 동안, 헝가리인 친구는 모스크바에서 일터를 잡고, 러시아인과 결혼도 하고, 아이도 낳았다. 나는 그의 곁에서 그 과정을 고스란히 지켜볼 수 있었다. 내가 모스크바, 서울, 류블랴나로 삶의 터전을 옮기는 동안에도 꾸준히 연락을 주고받았던 친구. 친구 역시 내 아내와 딸과 함께 어울리는 것을 즐겼고, 안부를 주고받으며 우리는 우정을 이어갔다. 친구는 "단 한 사람이 한 나라의 정의定義가 될 수 있다"고 증명해보인 존재였다.
　이웃나라에 살면서 몇 차례 부다페스트를 찾았지만, 친구를 만나지는 못했다. 내가 그곳을 찾았을 때 그는 다른 곳에 있었고, 그가 내가 사는 곳 근처에 왔을 때는 내가 그곳에 없었다. 그래서 부다페스트는 친근하지만 먼, 고향과 같지만 이국적인 느낌을 주는 도시였다.

　친구를 만나려고 떠난 부다페스트로 가는 길에 또 다른 《부다페스트》가 동행했다. 부다페스트로 함께 떠났던 소설 《부다페스트》는 브라질의 작가 시쿠 부아르키의 작품이다. 부아르키는 브라질의 거장으로 불리는데, 문단의 거장은 아니고 대중음악의 거장이라고 한다. 책의 띠지에는 작가인 시쿠 부아르키가 이 소설로 브라질의 맨부커상인 자부치Jabuti상을 받았다고 광고하는데, 자부치상도, 시쿠 부아르키도, 브라질 대중음악도 부다페스트보다 훨씬 생경했다. 그래도 작품에서 시쿠 부아르키가 묘사한 부다페스트는 꽤 인상적이었다.

도시는 잿빛이었다. 재미있게도 나는 부다페스트가 노란색이라고 생각했지만, 도시는 완전히 잿빛이었다. 건물들, 공원들 심지어 Y자 모양으로 윗부분이 갈라지며 도시를 가르고 있는 다뉴브 강마저도.

노란색을 기대했는데 실제로는 잿빛인 도시, 그것도 완전히 잿빛인 도시. 그의 '부다페스트 잿빛론'에 나는 동의한다. 친구를 만나러 갔던 그 겨울의 부다페스트도, 가족 휴가로 떠났던 여름의 부다페스트도, 이런저런 이유로 머물렀던 부다페스트는 결국 '잿빛'이었다.

슬로베니아 류블랴나에서 헝가리 부다페스트까지 차로 가면 다섯 시간이 채 걸리지 않는다. 달리는 길이 진짜

노랗지는 않지만 묘하게 노랗게 느껴졌다. 달리는 동안 차에 따라붙은 볕이 주는 노란 기운 때문이었는지도 모르겠다. 계절에 상관없이 길 위의 볕은 온화하고 따뜻해서 길도 노랗고 포근하게 느껴진다. 국경을 지나 슬로베니아에서 벗어나 헝가리로 접어들면, 바로 '바다'를 만날 수 있다. 유럽의 한가운데서 만나는 바다는 대양의 바다보다 더 엄마 품과 같다. 넓지만 거세지 않다. 바다가 없는 땅에 사는 헝가리 사람들을 위해 신이 선물했다는 헝가리의 내륙 바다, 벌러톤 호수Lake Balaton. 벌러톤이 주는 경이는 수평선이 보이는 드넓음에 있지 않다. 그것의 경이는 잔잔한 물결, 사람들의 여유로운 표정, 적당한 빠르기로 불어오는 호수 바람과 같은 익숙함에 있다. 하지만 그것은 일상의 여유가 아니다. 휴식이 주는 여유, 휴가이기에 느껴지는 편안한 노란빛이다. 부다페스트로 가는 길은 그러하다.

하지만 도시 인근에 접어들면 잿빛이 조금씩 느껴진다. 도시가 지닌 잿빛. 도로를 달리는 차들의 속도는 느려지고, 인도를 걷는 사람들의 발걸음은 빨라진다. 부다페스트의 잿빛은 분명히 아름답다. 회색 건물들 사이로 역사를 품은 다른 빛도 보인다. 역시 아름답지만 도심으로 갈수록 잿빛이 밝아진다. 진해진다. 네오바로크neobaroque

의 잿빛, 로마네스크Romanesque의 회색 그리고 도심의 딱 딱하고 진한 도시빛이 바로 부다페스트의 색이다. 다양한 무채색의 도시.

부다페스트의 풍경은 처음 갔을 때, 두 번째 갔을 때, 세 번째 갔을 때도 이국적이지 않았다. 가는 길도, 도시가 풍기는 빛도. 거기서 나를 기다리는 사람마저도 익숙했으니.

시쿠 부아르키의 말처럼, '도시를 제대로 알기 위해선 2층 관광버스를 타고 돌아다니느니 차라리 방 안에 처박혀 있는 편이' 나을지도 모르겠다는 생각도 했다. 하지만 부다페스트에는 유럽 대륙에서 가장 오래된 지하철도 있고, 심지어 명소들을 훑으며 다뉴브 강 위에서 뱃놀이까지 즐길 수 있는 수륙양육 관광버스도 있다. 지하철도, 버스도, 트램도 하나같이 오래 신은 구두처럼 광택은 없지만 편한 것들이다. 심지어 식당에서도 어색함이나 유럽의 이국적인 느낌은 없었다. 헝가리 전통음식은 한국인의 입맛에 딱 맞기로 유명하기까지 하다. 굴라시는 육개장과 비슷하고, 헐라슬레Fisherman's soup는 먹는 순간, 매운탕이 떠오른다. 헝가리 식단을 대표하는 이 두 전통 요리는 고춧가루의 매운맛까지 품고 있어 유럽을 여행하는 한국 관광객들은 헝가리에서 한국 음식의 갈증을 잠시 달랠 수도 있다. 헝가리는 여행객들에게 '혀의 오아시스'와 같은 곳이다.

오랜 친구를 기다리면서 비로소 깨달았다. 내 친구가 헝가리어를 자유자재로 할 수 있다는 사실을. 나는 물론 한국어를 자유자재로 구사하고, 우리는 오래전 러시아어로 소통했지만, 이제는 만나자마자 당연하게 영어로 이야기하고 있었다. 나는 친구의 나라말로 인사도, 심지어 그 흔한 건배사 한마디도 할 수 없었다. 친구는 웃으며 몇 마디 한국어를 건넸다. 정작 우리가 만났을 때 말의 어색함은 낄 틈이 없었다. 크게 웃었고, 서로 세게 포옹했다. 친구의 차를 타고 페스트 지역에서 친구의 집이 있는 부다 지역으로 넘어갔다. 어떤 다리로 다뉴브 강을 건넜는지도, 차 안에서 무슨 대화를 나눴는지도 기억이 나지 않는다. 그저 익숙하고 따뜻한 노란빛으로만 대화와 만남의 느낌이 가슴에 남아 있다.

집에서 만난 친구의 아이 셋은 일제히 밝은 목소리의 러시아어로 내게 인사를 했다. 몇 가지 언어들이 뒤섞인 채 시간은 조금 어색하게 흘러갔다. 불편하지는 않았지만 뭔가 어색한 느낌 속에 있는 기분. 나는 친구의 아이들에게 한껏 친근함을 표현하고 싶었던 것 같다.

그렇게 나만의 어색한 시간을 깨운 한마디.

"아빠!"

'아빠'라는 외침은 친구의 딸아이가 한 말이었다. 다시
들어도 아빠! 진짜 아빠였다.

"아빠!"라고 외친 뒤, 환하게 웃으며 아빠에게 뛰어가
던 아이의 모습은 너무 사랑스러웠다. 그리고 나도 모르
게, 꽤 큰 소리로 "왜"라고 대답을 하자 머쓱해져버렸다.
'아빠'를 외쳤던 아이는 친구에게 쪼르륵 뛰어가 다시 내
가 알아듣지 못하는 말로 조잘거렸다. 친구에게 딸이 한
국어로 말해서 깜짝 놀랐다고 하자, 친구는 평소에 김치
를 많이 먹어서 한국어도 잘한다고 천연덕스럽게 농담으
로 대꾸했다.
  그때까지 나는 헝가리어 '아빠apa'가 한국어 아빠와 소
리가 비슷하다는 사실을 전혀 모르고 있었다. 그 '아빠apa'
라는 한마디 때문에 헝가리가 더욱 친숙하게 다가왔다.
어쩌면 그것은 천진한, 내게도 익숙한 딸의 미소 덕분이

아니었을까.

그 한마디! 내 귀에 익숙한, 그리고 너무 많이 들었던, 언제 들어도 좋은. 비단 헝가리어와 한국어뿐만 아니라, 세상 어디를 가도 '엄마'와 '아빠'는 그 발음이 비슷하다. 아이들이 말하기 쉽게 만들어진 호칭, 엄마 그리고 아빠.

요즘도 친구 딸의 한마디, '아빠'를 떠올린다. 친구가 딸아이를 보며 아빠 미소를 짓던 순간을 떠올린다. 그러면 잿빛이었던 그 도시도 노랗게 떠오른다. 친구의 미소처럼 밝게, 친구 딸의 미소처럼 환하게.

이제 나는 "단 한 사람이 한 나라의 정의定義가 될 수 있다"는 말에 동의하지 않는다. 단 한마디가 한 나라의 정의가 될 수 있다고 믿는다.

• 《부다페스트》, 시쿠 부아르키 지음, 루시드 폴 옮김, 푸른숲, 2013

한
문
장
·

"낯선 말을 배우려 하는 사람을 놀리는 건
금물이다."

낯선 말을 배우려는 의지조차 없는 사람은 낯선 세상을 볼 자격도 없다고 믿어요.
배우려는 자에게 돌을 던지려는 그 자에게 돌을 던집시다.

한
장
소
·

부다페스트 아이
Budapest Eye

부다페스트에서 '부다페스트 아이'를 본 사람은 많겠지만, '부다페스트 아이'에서
부다페스트를 본 사람은 의외로 많지 않을 겁니다.

주소 Budapest, 1051 Hungary

인생은 인생,
맥주는 맥주

'발티카' 혹은 '발찌까' 또는 '발
치카Baltika'라고 불리는 맥주가 있다.

이 맥주를 제법 많이 자주 마셨다. 발치카는 러시아에
가면 피할 수 없는 맥주인데, 이 맥주 이름 뒤에는 번호가
붙어 있다. 발치카 0부터 발치카 9까지 번호도 다양하다.
어렵지 않게 예상이 가능하듯, 번호마다 맥주의 맛은 다
르다. 재료가 다르고, 도수가 다르고, 색깔이 다르고, 어느
하나 같은 것이 없다. 예컨대 발치카 0은 러시아 술답지
않게 도수가 0인 무알코올 맥주이고, 3은 '클래식'이라는
별명에 걸맞게 전통 독일식 라거 제법으로 만든 맥주이다.
개인적으로 좋아했던, 그래서 유학 시절 꽤 마셨던 7번은
'독일식 엑스포트 맥주 계열'이라고 하는데, 살짝 달콤한

맛이어서 목 넘김이 괜찮다. 가장 특별한 맥주는 9번, 발치카 9는 '스트롱'이라고도 불리는데 도수가 무려 8도이다. '발치카 9' 900밀리리터 캔을 탄산음료 마시듯 평온한 표정으로 태연하게 마시는 러시아 친구가 한 명 있었는데, 그를 볼 때마다 나는 약간의 경이와 조금의 두려움을 느꼈다.

왜 이런 맥주를 마실까?

《발치카 No.9》이라고 불리는 소설집이 있다.

이 책을 제법 많이 읽었다. 책 안에는 열 편의 다양한 단편소설이 있다. 표제작의 제목에서부터 느껴지듯, 작품들은 무척 이국적이다. 〈카펫〉, 〈까롭까〉, 〈톨큰〉, 〈발치카 No.9〉, 〈살사댄서의 냉풍욕〉, 〈붉은 코끼리〉, 〈분나〉, 〈라, La〉, 〈이화〉, 〈판타롱 아일랜드〉에 이르기까지 어느 하나도 같은 것이 없다. 예컨대 〈분나〉에서는 나무의 기운이 느껴지고, 〈살사 댄서의 냉풍욕〉은 첫 문장부터 '깊숙한 바닥에서 오래 솟구친 바람'을 맞을 수 있다. 〈붉은 코끼리〉에서는 동물원에서 풍기는 인간 냄새를 맡을 수 있다. 개인적으로 좋아하는 표제작은 제목처럼 '스트롱'하다. 나무의 기운이 느껴지는, 오래 솟구친 찬바람이 거세게 부는, 황량한 대륙의 복판에서 풍기는, 비릿한 인간 냄새가 진동하는 삶의 지난함이 느껴진다. 소설집 전체에서 삶의 다양한 난점을 골고루, 그것도 태연하게 펼치는 작가의 솜씨를 보면서 나는 약간의 경이와 조금의 두려움을 느꼈다.

왜 이런 작품을 썼을까?

'스트롱'한 《발치카 No.9》를 들고, 폴란드 포즈난으로 떠났다. 도시의 이름은 무척 익숙하다. 그도 그럴 것이 '포즈난poznan'이라는 말은 슬로베니아어로 '알려진', '친근한'이라는 뜻이다. 같은 슬라브어 계열인 폴란드어로 포즈난은 '알려진'이라는 뜻이라고 한다. 하지만 단지 이름만 친근할 뿐이었다. 도시 자체는 생경했다.

포즈난으로 가기 전까지 도시가 폴란드의 서부에 위치한다는 것도 몰랐고, 도시를 흐르는 강의 이름이 '바르타Warta'인지도 몰랐으며, 인구 50만 명이 넘는 꽤 규모 있는 도시인지는 더더욱 몰랐으니. 13세기 말에는 폴란드였다가 그 후 독일 프로이센의 지배하에 있다가 1950년대에는 반소련 시위가 있었다는 포즈난의 지난한 역사에 대해서도 아는 바가 전혀 없었다. 그렇게 아무것도 모르는 도시로 잘 아는 소설과 함께 떠났다.

　무슨 맛인지 예상하기 힘든 커피 한 잔을 들고, 취리히 공항 구석에 앉아, 떠날 준비를 하는 비행기들을 보며, 내가 떠날 시간을 기다리면서 익숙한 문장들을 읽었다. 책 속에는 많이 읽어 이미 익숙했지만, 언제 읽어도 날것처럼 느껴지는 파릇하고 선명한 문장과 바다, 바람, 나무, 모래, 물과 같이 늘 곁에 있어 익숙하지만 늘 새로운 생동감을 주는 존재들이 공존하고 있었다. 그리고 이들은 뭔가 운명적으로 서로 결합되어 슬픔과 같이 불편한 감정을 전해주었다. 강한 이미지로 표현된 메마른 삶의 슬픔을 읽으면서, 간혹 나는 시원한 활주로를 봤다. 나는 거기서 여기저기로 날아올랐다. 날아오르는 상상을 했다. 점점 작아지고 있어 언젠가 사라져버릴지도 모른다는 아랄해 인근 마을들로 떠났고, 고산지대를 하늘 높은 곳에서 조망도 해보았고, 에티오피아의 커피 재배지에서 커피 의식을 치루기도 했다.

　《발치카 No.9》의 소설들은 이국으로 가는 길에, 멈춰선 이국에서 다른 이국을 상상할 수 있게 해주었다. 하지만 '이국의 이국의 이국적임'은 이상하리만큼 이국적이진 않았다.

 폴란드 포즈난에 도착해 이틀간의 볼 일을 마치자, 한
나절의 자유가 보장되었다. 그래서 홀로 도시를 걸었다.
정오가 지난 시간이라 12시 정각에 구시청사 앞에서 고개
를 내민다는 염소도 보지 못했고, 물이 그리워 보고 싶었
던 말타 호수에 다녀올 시간도 없었다.
 유럽의 어느 도시에나 있을 법한 올드 타운의 중앙 광
장을 좀 둘러보고, 유럽의 다른 도시들의 건물들보다 더
밝고 아기자기한 형형색색의 건물들을 구경하다 지친 관
광객 행세를 했다. 평소에는 적극적으로 피했던 외국인
관광객들이 잔뜩 있는, 심지어 호객행위만 전문으로 하는
종업원까지 있는, 이방인들이 많은 카페를 골라 들어갔
다. 관광객들 무리로 꽉 찬 카페에 혼자 들어가는 게 다소
어색했다. 평소에는 절대 혼자 마시지 않는 맥주도 주문
했다. 아마도 대부분의 손님들이 맥주를 마시고 있어 그
랬을 것이다. 아마도 읽고 있던 책의 제목 때문이었을 것
이다. 폴란드 맥주를 달라고 하니 종원업은 당연하다는
듯, 폴란드의 국민 맥주 지비에츠Zywiec 한 병을 갖다 줬다.
맥주병에는 폴란드의 전통춤 크라코비악Krakowiak을 추는
남녀 커플이 새겨져 있는데, 마주보고 있는 남녀의 모습

—

이 크라코비악만큼 역동적이고 경쾌했다. 카페 안에는 영어, 폴란드어, 러시아어, 독일어, 중국어 등 다양한 말들이 떠돌고 있었고, 각자의 방식으로 경쾌함과 역동성을 뽐내고 있었다.

함께하는 여행은 크라코비악과 같아야 한다. 짝이 있어야 하고, 정해진 만큼, 혹은 그 이상 경쾌해야 하며, 급하다는 느낌이 들 정도로 빠를 필요가 있으며, 어떤 전통을 따를 필요가 있다. 카페 안 대부분의 사람들은 그 룰을 지키고 있었다. 사람들은 짝을 맞춰 왔고, 여행은 반드시 행복해야 한다는 룰에 맞춰 급하게 떠들고 있었다.

나는 익숙하지 않은 폴란드산 맥주를 잔에 따랐다. 그리고 러시아산 맥주에 관한 익숙한 이야기를 펼쳤다. 그러자 그곳의 분위기에 조금 더 익숙해진 느낌도 들긴 했다.

잔에 넘친 맥주 거품이다. 쏴아르륵한 소리와 함께 여러 말들이 솟아오른다. 말의 말들이 거품에 뒤섞인다. 거품이 한껏 부풀어 오른다. 혼이 허리를 숙여 둥지 위에 입을 갖다 댄다. 둥지 한가운데서 톡톡 톡톡 기포가 터지며 눈 쌓이는 소리가 된다. 죽은 기억들이 되살아난다. 말 거품이 꼬리에 꼬리를 물고 땅으로 쏟아져 내린다. 자작나무 숲은 여전히 어둡고 차게 울렁인다.

카페 창밖, 눈앞에는 분명히 녹색, 갈색, 하늘색, 민트색, 빨간색, 파란색의 아기자기한 건물들이 펼쳐져 있었지만, 나의 앞에는 폴란드를 대표하는 맥주가 기다리고 있었지만, 마음 안에는 키 높은 자작나무들이 울창하여 어두운 숲이 펼쳐져 있었고, 방금 넘긴 맥주는 러시아의 독한 맥주처럼 목을 찌르며 훑고 내려갔다. 평화롭지만 불편하고, 불편하지만 익숙한 순간에 의문이 생겼다.

왜 이런 느낌이 들까?

문득, '발치카 9' 900밀리리터를 탄산음료 마시듯 평온한 표정으로 태연하게 마시는 러시아 친구의 한마디가 떠올랐다. 언젠가 친구에게 독하고 맛도 없는 맥주를 즐겨 마시는 이유에 대해 묻자, 친구는 감정 변화가 크게 느껴지지 않는 톤으로 이렇게 말했다.

"맥주 맛이 뭐가 그리 중요해? 맥주는 그냥 다 맥주야! 삶이 그냥 삶인 것처럼!"

친구의 말처럼, 독해 봐야 맥주는 다 맥주고, 힘들어 봐야 인생은 다 인생일지도 모른다. 여행지에 와서 우리는 잠시 평화로운 듯하지만, 어차피 삶은 매 순간 어렵고 불편하고, 그 불편함에 우린 이미 익숙해져서 또 괜찮은 것일지도 모른다.

작가의 경이로운 솜씨로 빚어낸《발치카 No.9》에 등장하는 다양한 세계들이 놀랍지 않은 이유를 그제야 알 것도 같았다. 편하면서도 불편하고, 익숙하면서도 이국적이고, 낯설어야 하는데 그렇지 않은 이유를 알 것도 같았다. 어느 순간, 소설 속에서 만난 지독한 운명들이 새롭지 않은 까닭도 느껴졌다. 창밖으로 보이는 아름다워서 너무도 다른 세상이 놀랍지 않은 이유도 어렴풋이 알 듯했다.

장소는 중앙아시아여도, 아프리카여도 상관없었다. 주인공이 동물원에서 근무를 하든, 한국어를 가르치든 중요하지 않았다. 심지어 사람이 아니고 새여도, 염소여도, 다를 바 없었다. 물론 러시아 맥주를 마셔도, 폴란드 맥주를 마셔도, 맥주가 아닌 소주를 마셔도 상황은 같았다.

그냥 인생은 그대로 인생이다.
지독하게 자연스러워 지독해서 운명이라고 말해버리고 나면 오히려 괜찮아지는 그런 운명의 인생. 소설의 결

과가 과하게 슬프거나 극단적으로 처절해도, 읽는 이의 삶이 그보다 더 슬프거나 처절해서 공감은 되어도 나의 감정은 변하지 않는 상황을 깨달으며 폴란드 맥주를 한 잔 들이켰다.

그 맛이 썼다. 마치 발치카 9번처럼.

여전히 내 주변의 관광객들은 자신들의 언어로 행복하다고 주문을 외우고 있었고, 아주 보기 좋게 광장 주변을 둘러싸고 있는 형형색색의 건물들도 그래야 한다고 강요하는 것 같았다.

우리 삶의 차이는 어쩌면,
딱 맥주 맛의 차이 정도일지도 모른다.

돌아오는 길에 다시 《발치카 No.9》을 펼쳤다. 첫 페이지에서 이런 문장을 만났다.

들판에는 언제나 바람이 불었다.

맞다.

우리 삶의 들판에도 언제나 바람이 불었다.

지금도 불고 있고, 앞으로도 불 것이다.

그러니 우리는 맥주도 인생도 그냥 즐기면 되는 것이다.

그 언제나 부는 바람 앞에서.

• 《발치카 No.9》, 이은선 지음, 문학과지성사, 2014

한
문
장
·

"누군가 먼저 잡아당기지 않는다면
나는 언제까지라도 그렇게 서 있을 것만 같았다."

어느 쪽으로도 가지 못하고 그저 한자리에 서 있을 때, 우리는 종종 이런 생각을 합
니다. 누군가가 내 갈 길을 일러줬으면 좋겠다는 생각. 하지만 내 길을 잘 아는 건
항상 나 자신입니다. 그리고 더 중요한 것은 '그렇게 언제까지라도 한자리에 서 있
는 것' 또한 괜찮습니다. 꼭 어디론가 가는 것만이 정답은 아닐 겁니다.

©Tomasz Guzowski

포즈난 구시장 광장
Poznan Old Market Square

유럽의 도시들을 여행할 때, 첫 번째로 봐야 할 곳 중 하나입니다. 구시가 그리고
그 주변의 시장이나 광장. 알록달록한 건물을 보고 있으면 기분이 가벼워집니다.

주소 Stary Rynek, 60–101 Poznań, Poland

뭉클함이
뜸하던 차에

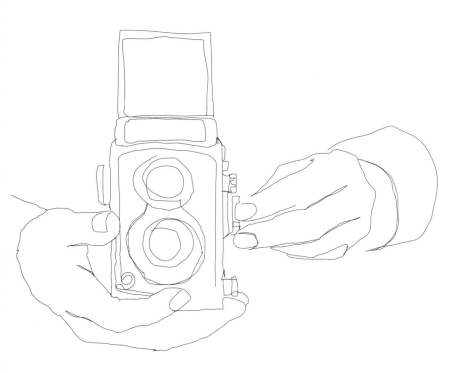

크로아티아

플리트비체에서

마스다 미리의

《뭉클하면 안 되나요?》를 읽다

　　　　　　　　　　　꽤 우울한 시기를 보내고 있
던 차였다. 한 지인이 내게 계속 우울하다면, 마스다 미리
의 책을 읽어보는 것이 어떻겠냐는 조언을 했다. 세상 대
부분의 조언이 그렇듯, 소중한 말임에도 귀를 떠나 머리
나 마음까지 도착하지 않고 도중에 사라져버렸다. 하지만
우울이 계속되자 세상 대부분의 소중한 말들이 그렇듯이
어느 순간, 다시 살아나 머리와 마음에 도착했다. 그래서
우울하던 어느 날, 마스다 미리의 책을 펼치게 되었다.

　　1969년 오사카에서 태어난 마스다 미리는 만화가이자
일러스트레이터이자 에세이스트다. 아직 읽어보지 못한
'수짱 시리즈'라는 베스트셀러의 저자이기도 하다. 알고

보니 이 책은 일본에서는 물론이고, 한국에서도 굉장한 팬덤을 형성하고 있었다. 유럽에도 꽤 알려진 책이었다.

내가 펼친 그의 책은 《뭉클하면 안 되나요?》.

'뭉클'이라는 어감이 좋아 펼치게 된 책이었다. 저자인 마스다는 그야말로 '세상(에서 최고로) 긍정'적인 인물이었다. 그에게 뭉클은 이런 것이다.

자칫 지나쳐버릴 수도 있는 평범한 일상 속에서 느낄 수 있는 달콤새콤한 설렘.

마스다는 사진기를 가지고 다니는 작가이다. 진짜 사진기가 아니라, 그의 사진기는 내 마음대로 명명한 '긍정 포착 사진기'이다. 그는 일상의 곳곳에서, 삶의 순간순간을 그 사진기로 긍정을 담아낸다. 달콤새콤한 설렘은 바로 그 긍정에서 기인한다. 마스다 미리는 긍정에 아주 민감한 사람이고, '성급한 뭉클함의 행복'을 아는 사람이기도 하다. 쓰윽 지나쳐버릴 수 있는 순간에 특별한 느낌을 포착하는 능력자이다. 예를 들면, 손수건을 몸에 지니고 다니는 아저씨나 전철 안에서 문고본 책을 읽는 남자, 편의점에서 문을 잡아준 남중생, 자신이 한 칭찬을 기억하는 남성, 미끄러우니까 조심해라, 뜨거우니까 조심해라, 개를 조심해라, 바람이 많이 부니까 조심해라, 감기 조심해라, 라고 말해주는 상대 등에게 그는 뭉클함을 느낀다고 한다. 여기까지라면 '성급한 뭉클함'이라고까지 말하기 어려웠을 것이다.

마스다는 초긍정인답게 몇 발자국 더 나아간다. 노래를 못 부르는 사람에게 뭉클, 재킷의 소맷자락에 붙어 있던 밥풀을 보고 뭉클뭉클, 심지어는 술집 테이블 밑에서 양말을 반쯤 벗은 사람을 보고도 뭉클. 이 정도면 뭉클의 생활화라고 해도 좋을 것 같다.

마스다 미리가 그토록 자주 느끼는 이 '뭉클'을 나는 언제 느꼈을까?

꽤 우울한 시기를 보내고 있던 때라 '뭉클'은 떠오르지 않았다. 그 우울은 분명히 공기를 타고 내 주변으로 퍼져 나갔을 것이다.

일상을 좀 뭉클하게 살고 싶어 《뭉클하면 안 되나요?》를 읽고 있다고 말하자, 아내가 조심스럽게 짧은 여행이라도 떠나자고 제안을 한다. 여행이라는 그 한마디에 살짝 '뭉클'이 피어오름을 느꼈다. 어디로 가는지 묻지도 않고 따라 나선 길은 아름다웠다. 국경을 넘어 꾸불꾸불한 길을 지났다. 차창 밖의 푸름이 익숙해질 무렵, 마음의 밑바닥에서 설렘 비슷한 것이 피어오르기 시작했다. 그렇게 천천히 뭉클함을 채워가며 아내가 추천한 곳에 도착했다.

슬로베니아 류블랴나에서 남동쪽으로 세 시간 남짓 떨어진 곳. 꽤 유명한 관광지인데도 사람들이 많지 않았다. 사람들보다는 햇살에 압도되었다. 명성에 비해 턱없이 허름한 입구를 통과해 안으로 들어갔다.

플리트비체!

눈앞에는 그것이 존재한다는 것을 믿기 힘들 정도로, 그저 '아름답다'는, 그야말로 한마디로 형용 불가한 혹은 설명 자체가 무색한 절경이 펼쳐졌다. 바람, 햇살, 물빛 그리고 하늘빛까지 완벽했다. 물이 아름답다는 것은 바로 이런 것이라고 말하는 폭포의 절경.

사실, 아내는 몇 해 전부터 플리트비체에 함께 가보고 싶다고 했다. 한 번도 아니고, 여러 차례 말해왔다. 꼭 함께 가보고 싶은 곳이라며. 심지어 아내는 내가 쓴 에세이의 한 구절까지 인용하며, 함께 가자고 했다.

아름다움을 함께 나누고 싶은 사람이야말로 진짜 사랑하는 사람이다.

그래서 그토록 우울했던 시기에 사랑하는 사람과 플리트비체를 함께 보았다.

그래서 '뭉클'이 필요한 그 시기에 사랑하는 사람과 플리트비체가 함께 보였다.

순간, '뭉클함'이 밀려오는 것 같았다. 하지만 금세 알수 있었다. 그건 엄밀히 말하자면 뭉클함이 아니었다. '달콤새콤한 설렘' 같은 것도 아니었다. 그것보다 훨씬 더 큰울림의 감정이었다. '자칫 지나쳐버릴 수 있는' 것이 아니라, 절대 피할 수 없는 감동이었다.

크로아티아 플리트비체 국립공원은 사철이 매혹적인곳이라고 하지만, 내겐 내가 머물렀던 그 순간이 가장 황홀했다. 여름의 플리트비체, 녹음이 우거진 울창한 숲을걷고 있으면 그대로 세상에서 사라져버려도 괜찮을 듯했다. 신비로운 청록 호수를 보고 있으면 우울이라는 인간의 감정이 얼마나 사치스러운 것인지 자연이 말해주는 것같았다.

공원에는 열 개의 다양한 산책로가 있어서 두 시간에

서 여덟 시간까지 다양한 옵션으로 공원을 둘러볼 수 있다는 이야기를 한참 뒤에 들었다. 하지만 그 순간 플리트비체는 두 시간이어도, 여덟 시간이어도, 2분이어도, 심지어 8초라도 내게는 감동이었을 것이다.

돌아와서 깨달았다.
가끔은 일상 밖에서만 느낄 수 있는 특별한 행복이 있어야 한다는 사실을. 그것이 없다면, 일상 속에서 그 어떤 '뭉클'도 느낄 수 없다는 것을. 아내가 만들어준 아름다운 여행에서 돌아온 후, 그 예기치 못한 행복 후, 일상으로 돌아온 나는 마스다 미리처럼 자주 '뭉클'을 느낄 수 있었다.

레스토랑의 맛없는 음식 앞에서도 뭉클, 그래도 굶지 않게 해주시니!
불친절한 우체국 직원에게도 뭉클뭉클, 슬로베니아어를 못하는 외국인을 상대해주시니 얼마나 고마운가!
학생들의 다소 부족한 기말 과제를 읽으면서도 뭉클뭉클뭉클, 그래도 글씨는 아주 예쁘잖아!

만약 일상에서 '뭉클'이 사라지고 있다면, 당신도 떠날 때가 되었다고 충고하고 싶다. 여행은 그곳에서는 감동을, 돌

아와서는 '뭉클'을 선사할 것이다. 우리가 떠나는 이유는 일상을 지키기 위해서이다. 일상으로 돌아와 다시 읽은 마스다 미리의 《뭉클하면 안 되나요?》는 훨씬 더 뭉클했다. 플리트비체의 그 옥색 물들이 오버랩되면서.

• 《뭉클하면 안 되나요?》, 마스다 미리 지음, 권남희 옮김, 이봄, 2015

한
문
장
·

"언젠가 죽어버릴 우리에게 주어진 사소한 포상.
그것이 '뭉클'일지도 모릅니다."

마스다 미리의 말대로 이 감정이 일종의 포상이라면, 우리는 더 누릴 권리가 있습
니다. 언젠가 사라질 우리, 이 감정이 매일의 일상이 힘겨운 우리를 위한 작은 포상
이라면 더욱 누리고 찾아야겠죠. 우리는 지금보다 더 쉽게 뭉클을 느껴야 할 것 같
습니다.

한
장
소
•

벨리키 슬라프
Veliki Slap

플리트비체 국립공원의 열여섯 개 호수 중 가장 큰 호수입니다. 어디를 가나 다 예쁘
지만, 가장 상징적인 곳은 역시 가장 크고 넓어서 마음이 탁 트이는 곳이 아닐까요?

주소 Plitvice Lakes National Park Parking Lot, 53231, Rastovača, Croatia

'생존 가방' 속
필수 아이템 그리고
'캥거루'

이곳은 과연 내가 모국을 떠나올
만큼 기회의 땅이었을까. 사실 처음부터 그렇게 생각한 적은
없었다. 위키를 만나고, 단 한 사람으로 인해 한 대륙이 모국처
럼 느껴질 수도 있다고 생각했던 적은 있었다.

윤고은의 《늙은 차와 히치하이커》의 한 대목이다.

작품 속의 '이곳'은 호주이다. 2017년 기준으로 호주
는 한국 사람들이 이민가고 싶은 나라 2위. 1위는 22.1퍼
센트로 캐나다이고, 호주는 14.4퍼센트로 2위라고 한다.
그러니까 적어도 한국 사람들에게 호주는 이상적인 나라
중 하나인 것이 분명하다. 이 대목을 읽으면서 나는 이런
의문이 들었다.

'대한민국'이라는 모국은 떠나야 할 만큼 기회가 적은 땅일까?

단 한 사람으로 인해 한 대륙이 모국처럼 느껴질 수가 있을까?

날씨 좋은 봄날, 그것도 모두들 일하는 평일 낮에, 이름도 생경한 루마니아의 도시, '클루지나포카Cluj-Napoca'의 '비보Vivo'라는 이름의 쇼핑몰 구석에 앉아 에스프레소를 홀짝 거리며 윤고은의 《늙은 차와 히치하이커》를 읽고 있었다.

한국이 아닌 호주가 배경이라는 점, '생존 가방'이라는 것을 만드는 주인공의 직업, '캥거루'를 찾아 떠난다는 설정 모두 마음에 들었지만, 무엇보다도 루마니아에서 내가 좋아하는 작가의 소설을 읽고 있는 그 순간이 제일 마음에 들었다.

사실, 한국 사람들에게 루마니아는 가장 먼 유럽일지도 모르겠다. 루마니아로 여행을 가겠다는 한국인은 거의 만난 적이 없다. 루마니아를 배경으로 찍은 드라마나 방송도 기억에 없다.

동유럽의 대국인 루마니아는 그 이름에서 알 수 있듯, 동유럽의 로마인들이 사는 곳이다. 언젠가 이탈리아 교수와 루마니아에 방문한 적이 있었는데, 그는 루마니아 첫 방문에도 의사소통에 어려움이 크게 없었다. 그 자신이 루마니아어를 알아듣는 상황을 신기해할 정도로.

루마니아는 드라큘라로 유명하고, 드라큘라는 루마니아의 트란실바니아Transylvania 지방 출신으로 알려져 있다. 클루지 주州는 트란실바니아 지역의 대표적인 주이고, 클루지나포카는 클루지 주의 주도이지만, 드라큘라의 흔적은 어디에도 없다. 어느 도시나 그렇듯 도시를 가로지르는 '소메슐미크Someşul Mic'라는 강이 있는데, 이름만큼 이국적이진 않았다. 작은 호수를 안고 있는 흔한 중앙공원도 있는데, 공원 자체보다는 저녁이 있는 삶을 누리는 루마니아 사람들이 더 눈에 띄는 곳이었다. 중앙공원을 산책하면서 나는 이런 생각을 했다.

삶의 여유를 만드는 것은 국민 소득이 절대 아니구나.

'클루지나포카'라는 도시 이름은 '폐쇄된 장소'라는 뜻이라고 한다. 이름처럼 도시는 낮은 산들에 둘러싸여 있지만, 유럽의 어느 도시보다 개방적이고, 젊고 활력이 넘친다. 그도 그럴 것이 인구 30만 안팎의 작은 도시에 대학이 아홉 개나 있기 때문이다.

그중 한곳과 나는 특별한 인연이 있다. '바베시 볼리야이 대학교Babeş-Bolyai University'는 학생 수만 4만 명이 넘는 루마니아에서 가장 큰 명문 대학이다. 나는 한국어 말하기 대회 심사위원으로, 한국 문학을 가르치러, 한국학 워크숍 참석차 이 대학에 방문했었다. 최근에는 작가 자격으로 작은 서점에서 루마니아 한국 문학 애호가들을 만나기도 했었다.

루마니아에서 윤고은을 읽던 봄, 바베시 볼리야이 대학교에서 일주일간 강의가 있었고, 수요일에는 시간이 생겨 영화 〈미녀와 야수〉를 보러 나섰다. 그리고 영화가 시작하기 전에 짬이 나서 윤고은의 소설을 읽고 있었다. 그 순간이 참 소중하고 좋았다. 일상도 아닌, 비일상도 아닌, 그 틈의 독서.

새로운 도시에 며칠 묵게 되면 거의 반드시 하는 일들이 있다.

첫째, 가고 싶은 곳은 딱 한 곳만 정해서 간다.
둘째, 읽고 싶은 책을 딱 한 권만 들고 가서 읽는다.
셋째, 보고 싶은 영화 하나를 정해서 본다.

루마니아 클루지나포카에서 가고 싶었던 딱 한 곳은 '투르다 소금 광산'이었다. 소금 광산은 신비로웠다. 구구절절한 설명으로 그 매력을 담을 수 없을 경지였다. 유럽의 다른 소금 광산과는 다르게 과거와 현재 그리고 약간의 미래가 압축된 상태로 광산 안에 담겨 있었다. 소금 광산 안에서 노를 저으며 보트를 탔다는 것만으로도 그곳이 얼마나 유니크한 곳인지 설명이 가능하지 않을까?

그곳에서 읽고 싶었던 책은 윤고은의 《늙은 차와 히치하이커》였다. 지금도 그렇지만, 당시 윤고은 작가는 특히 문단의 주목을 받고 있던 터라 작품이 너무나 궁금했다. 대산대학문학상, 한겨레문학상, 이효석문학상, 김용익소설문학상을 수상한 젊은 작가, 더군다나 리처드 링클레이터의 '비포' 시리즈를 좋아해 그런 방식으로 소설을 써보고 싶은 작가라니.

그곳에서 보고 싶었던 영화는 〈미녀와 야수〉였다. 여행지에서는 되도록 흔한 상업 영화를 본다. 그래서 내용도 이미 다 알고, 수록곡까지 다 아는, 마음껏 추억을 소환할 수 있는 영화가 보고 싶었다.

이 세 가지가 내 여행 '생존 가방'의 필수 아이템이다. 더 이상 넣을 필요가 없다. 어디를 가도 대부분의 경우 머릿속에 남는 것은 하나 혹은 둘이니 하나라도 제대로 보고 싶다. 또한 책은 전기가 없어도, 인터넷이 없어도, 친구가 없어도, 심지어 날씨가 나빠도 완벽하게 나의 시간을 행복하게 해줄 수 있으니 빼놓을 수 없는 아이템이다. 영화는 나중에 추억을 소환할 때, 최고로 유용하게 쓰이는 이미지다. 한 가지 팁이 있다면, 진지한 영화보다는 재미있는 영화를 보는 게 좋다는 것. 가령 〈데드풀〉의 라이언 레이놀즈의 화장실 유머를 들을 때, 가장 먼저 떠오르는 곳은 브라티슬라바의 밤이다. 슬로바키아 브라티슬라바에서 심야 영화로 〈데드풀〉를 봤기 때문이다. 〈수어사이드 스쿼드〉 포스터에서 재기발랄한 할리퀸의 표정을 보면, 페루 리마의 시끌벅적한 밤거리와 고요한 밤바다가 그리워진다. 영화를 보러가던 길에 보았던 리마 신도시의 번잡함, 영화를 보고 나와서 느꼈던 태평양의 짠 바람을 잊을 수 없다. 나는 앞으로 〈미녀와 야수〉의 수록곡을 들을 때마다, 클루지나포카의 강과 윤고은의 소설을 생각하게 될 것이다.

　나에게 여행은 일상과 비일상을 적당히 섞어 담는 것이다. '생존 가방' 안에 독서와 영화 감상이라는 일상을 담아 비일상으로 떠나는 것. 그렇게 하면 일상으로 다시

돌아와 그 비일상들을 소환할 수 있다. 일상이 힘들 때, 그렇게 비일상적이라는 환상을 심어야 견딜 수 있다. 일상과 비일상의 경계를 모호하게 하여 제3의 삶을 사는 것, 결국 그것이야말로 내가 여기서, 모국이 아닌 곳에서 '살아남는' 방법이다. 어머니의 나라를 떠나 산다는 것은 궁극적으로 비일상의 세계에서 사는 것이지만, 그것을 평범한 삶으로 영위하려면 일상화로 만들 필요가 있다. 그 비일상을 일상화하려면 비일상과 일상의 벽을 허물어야 한다. 삶은 어디에 가도 다 같은 삶이고, 우리는 어디에 살든 결국 비슷할 것이라는 최면이 필요하다. 나는 지금 남들이 그토록 부러워하는 비일상의 세계에서 일상의 삶을 살고 있다고 세뇌할 필요가 종종 있다.

윤고은의 《늙은 차와 히치하이커》는 그런 최면에 적합한 소설이다. 세뇌의 윤활유와 같은 책이다. 윤고은은, 아니 소설은 이렇게 말한다.

우리들은 여기서 이렇게 살아남아 있어, 혹은 이렇게 살아남기 위해 노력하고 있어, 간혹 살아남지 못해도 괜찮아, 하지만 너무 슬퍼하진 말자고 간혹 작품 속 시간은 허물어지고, 진짜 현실과 멀어지기도 하지만 어찌되었건 다 살아가고 있다고.

간혹 너무 슬프게, 또 가끔은 너무 웃기게.

무엇보다도 윤고은의 작품에는 일상에서도, 비일상에서도 늘 나와 함께하는 찌질함이 있어 좋다. 그렇게 외국이라는 비일상에서 산다는 것은 늘 어느 정도는 찌질한 것이니. 윤고은 작가가 관찰하고 있는 '여전히 살아남으려고 애쓰는 사람들' 중 하나가 '나'라서 더욱 열심히 살아야겠다는 다짐까지 하게 된다. 그리고 다시 묻게 된다.

대한민국이라는 모국은 떠나야 할 만큼 기회가 적은 땅일까?

단 한 사람으로 인해 한 대륙이 모국처럼 느껴질 수도 있을까?

나의 대답은 단연코 '캥거루'다! (캥거루는 원래 '나도 모른다'는 뜻의 원주민 언어였다고 한다.) 그럼에도 불구하고 오늘도 나는 일상과 비일상을 뒤섞는다. 그게 여행이고, 또 삶이라고 믿기에.

• 《늙은 차와 히치하이커》, 윤고은 지음, 한겨레출판, 2016

.

"외로움은 최고의 비아그라다."

《늙은 차와 히치하이커》가 아닌 윤고은의 첫 번째 소설 《무중력 증후군》에 나오는 문장입니다. 윤고은 작가의 좋은 문장들이 많지만, 이 문장을 지울 만큼 강렬한 문장을 아직 만나지 못했습니다. 외로움만큼 강력한 힘은 없으니까요.

체타투이아 언덕
Cetatuia Hill

체타투이아 언덕은 클루지나포카 시내에 있는 작은 언덕입니다. 높지 않은 이 언덕에 오르면 도시가 한눈에 보입니다. 올라가는 길은 소소한 산책의 즐거움을 선사합니다.

주소 Cluj–Napoca 400124, Romania

높고 넓고 깊고

복잡한

힘겨운 순간의
'하이'

이 나라의 정식 명칭은 벨기에 왕국이다.

그런데 이상한 것은 이 '벨기에'라는 이름을 현지에서는 들을 수 없다는 사실이다. 아무도 벨기에에서는 벨기에를 벨기에라고 부르지 않는다. 벨기에를 네덜란드어로는 'België(벨히어)'라고 하며, 프랑스어로는 'Belgique(벨지크)', 독일어로는 'Belgien(벨기엔)'이라고 한다. 영어로는 '벨지움(Belgium)'이다. 우리가 아는 '벨기에'에는 '벨기에'가 없다. 네덜란드어 명칭인 'België(벨히어)'를 철자만 보고 한국인들이 마음대로 읽은 후 '벨기에'를 만들었다.

115

공식 이름에서 드러나듯, 벨기에는 왕국이다. 그런데 이상하게도 벨기에에 왕이 있다는 것이 믿기지 않는다. 영국의 왕이나 여왕처럼 친근하지 않다.

브뤼셀에 갔을 때 벨기에 친구가 "저기가 (현존하는) 왕이 살고 있는 왕궁이야"라고 말하는 것을 분명히 들으면서도 도무지 상상이 되지 않았다. 정말 저 안에 왕과 왕비가 살고 있을까? 저 안에서 왕이 밥도 먹고, 티브이도 보고, 화장실도 간단 말이지? 벨기에에서 돌아온 후, 벨기에 왕가에 관한 글을 읽고 난 뒤 생각이 조금 달라지긴 했지만, 지금도 "벨기에에 왕이 있다"는 말은 어색하다.

말에 관한 의문도 들었다. 이곳은 네덜란드어와 프랑스어와 독일어가 공식 언어인데, 벨기에 왕은 그중 어떤 언어를 쓸까? 이런 의문에 친구는 이렇게 대답했다. "벨기에 왕실 사람은 프랑스어와 네덜란드어를 다 사용할 줄 알아야 한다." 듣고 보니 이 역시 이상하긴 했다. 벨기에 국왕인데, 벨기에어가 아닌 엄밀히 말하자면 이웃나라 말인 프랑스어와 네덜란드어를 쓰다니. 그렇다면 독일어는 왜 안 쓰는 거지? (독일에서 편입된 동부 국경 지역에는 '벨기에 독일어 공동체'가 있으며 독일어가 공용어 중 하나이지만 소수만 사용하고 있다.)

모두들 알고 있는 것처럼 벨기에는 초콜릿, 와플, 맥주로 유명하다. 프렌치프라이라고 불리는 감자튀김도 벨기에가 원조라고 한다. 또한 유럽의 축구 강호로도 유명하다. 원조 '붉은 악마'는 벨기에의 국가대표팀이었다. 뿐만 아니라 이곳은 스머프의 고향이자 틴틴Tintin의 모국이기도 하다. 그러니까 벨기에는 초콜릿과 와플처럼 부드럽고 달콤하며, 맥주처럼 깊고, 시원하면서도 감자튀김처럼 질리지 않고 축구처럼 스펙터클함과 동시에, 스머프와 틴틴처럼 귀엽고도 모험심이 강한 왕국이다.

이토록 멋진, 알려져 있으면서도 그렇지 않은 미지의 왕국으로 가는 비행기 표가 내 손 안에 있었다. 2016년 3월 25일 오후, 벨기에 왕국의 수도, 브뤼셀로 떠나는 비행기 표 세 장을 들고 나는 고민했다. 우리 가족 세 사람을 위한 표였다. 우리는 2015년 가을부터 2016년 봄에 브뤼셀에 갈 계획을 짜두고 한껏 들떠 있었다. 브뤼셀에는 우리들의 친구가 살고 있었다. 벨기에 여행의 가장 중요한 목적은 그 친구와 만나는 것이었다. 친구들이 그리워 표를 샀고, 꼭 보고 싶었기에 교환이나 환불이 되지 않는 표를 선택했다. 숙소도 친구네 집 건너편 호텔로 예약했다.

출발 3일 전, 그러니까 2016년 3월 22일 화요일, 여행

—

에 대한 기대감과 친구들을 보고 싶은 마음이 부풀만큼 부풀어 올랐을 때, 어마어마한 일이 터졌다. 그날, 오전 8시부터 9시 11분 사이 벨기에 브뤼셀에서 연쇄 폭탄 테러가 무려 세 차례나 일어났다. 두 번은 브뤼셀 국제공항에서 연이어 일어났고, 브뤼셀 지하철 말베이크역에서는 세 번째 테러가 있었다. 말베이크역은 벨기에의 수도 브뤼셀 도심 한가운데에 위치한 역이다. 유럽 의회 등 유럽 연합의 중요한 건물들이 있고 호텔, 은행도 많은 상업지구이기도 하다. 그곳은 역에서 멀지 않은 곳에 벨기에 독립을 기념하며 만든 생캉트네르 공원Cinquantenaire도 있어 항상 사람들이 붐비는 지역이기도 하다. 공항과 시내에서 발생한 테러로 30명이 넘는 사람이 숨졌다. 부상자는 200명이 넘었다. 이 테러는 벨기에 역사상 가장 비극적인 참사로 기억되고 있다. 유럽 전역이 공포에 떨고 있었고, 슬로베니아 방송에서도 예외 없이 벨기에의 참사에 대해 자세히 보도했다. 테러가 얼마나 무서운지, 브뤼셀이 얼마나 폐허가 되었는지, 벨기에 사람들이 얼마나 공포에 떨고 있는지 낱낱이 보여줬다. 그리고 곧 추가 테러가 있을 것이라는 전망도 있었다.

솔직히 무서웠다. 테러의 무서움을 생생하게 기억하

고 있기 때문이었다. 2010년 3월이었다. 모스크바 지하철 폭탄 테러를 목격했다. 2010년 3월 29일 아침의 그 어둡던 하늘을 아직 잊지 못한다. 테러는 세상을 순식간에 검게 만들어버린다. 하늘빛도, 사람들의 마음도, 사람들의 눈빛마저도. 내가 딸에게 무섭다고 하자, 딸은 그렇게 생각하지 말라고 한다. 벨기에에 꼭 가야겠냐고 묻자, 꼭 가야 한다고 딸이 말했다. 꼭 우리 모두 가서 친구들을 '꼬옥' 안아줘야 한다고 했다. 딸은 일부러 '꼬옥'을 강조하고 있었다. '꼬옥'이라고 강조하는 딸의 입 모양에서 진심이 묻어났다. 두렵지 않다고 했다. '꼬옥' 안아주고 나면, 우리도, 친구들도 훨씬 평온해질 거라고 했다.

그래서 떠나기로 했다. 우리들의 평온을 위해서.

여느 때처럼 여행 가방에 책 한 권 집어넣고, 가족들의 손을 붙잡고 떠났다. 이 거대한 공포 뒤에는 어떤 아름다움이 있을 것이라 믿으면서.

우리가 도착한 공항은 브뤼셀 남부에 위치한 샤를루아Brussels South Charleroi Airport 공항이었다. 브뤼셀을 찾는 사람들은 두 공항을 이용하는데, 테러가 났던 곳은 브뤼셀 공항Brussels Airport이고, 샤를루아는 도시 외곽에 위치한 규모가 작은 공항이다. 공항의 공기는 차가웠다. 경비는 이루 말할 수 없이 삼엄했다. 공항 이용객의 얼굴은 공항 앞에 서 있던 장갑차처럼 무겁고 어두웠다. 어둠 속에서 보이는 어두운 빛의 장갑차 앞에 서 있던 군인들의 표정이 아직도 잊혀지지 않는다.

꽤 긴 시간, 버스를 타고, 택시를 타고 시내로 들어와 숙소에 여정을 풀었다. 친구들을 꼬옥 안아주기 위해 길을 건너 친구 집까지 갔다.

슬로베니아에서 온 가족,
벨기에에서 기다린 가족,
두 가족이 나란히 섰다.

여섯 명 중 누가 말을 먼저 꺼냈는지 기억이 나지 않는다. 어떤 말을 했는지는 중요하지 않다. 다만 그 짧은 순간, 우리는 공포를 잊었던 것 같다. '함께'라는 것이 공포를 이기는 가장 효과적인 방법이니까.

그리고 꼬옥 안았다.

며칠 동안 여느 관광객처럼 기차를 타고 브뤼헤Brugge

에 가서 배도 타고, 브뤼셀 시내를 걸으며 그랑플라스Grand Place도 보고, 와플도 먹고, 브뤼셀 시청사도 보고, 초콜릿도 먹고, 스머프와 틴틴도 만났지만, 어디를 가도 사람이 많진 않았다.

마지막 날, 친구에게 꼭 가보고 싶은 곳이 있으니, 오줌싸개 소년을 보기 전에 잠시 함께 가보자고 했다. 내가 가고 싶은 곳은 시내 중심에 위치한 구 증권거래소 건물 앞 광장이었다. 꽃들이 가득한 광장에 사람들이 많이 모여 있었다. 깃발을 흔들며 소리를 지르는 사람들도 있었고, 조용히 흐느끼는 사람들도 많았다. 종종 대성통곡을 하는 사람들도 보였다. 광장에는 슬픔이 가득했다. 슬픔의 향기가 났다. 광장을 둘러싼 모든 것은 흑백으로 보였다. 흑백사진처럼 슬프게 아름답게 그리고 정적으로.

추모라는 이름으로 광장에 서 본 것은 그때가 처음이었다. 추모는 그런 것이었다. 죽은 사람 앞에서 살아남은 사람들을 바라보게 하는 시간. 토마스 만의 말처럼 '사람의 죽음은, 죽은 사람보다 산 사람의 문제'였다. 친구의 손을 꼭 잡았다. 그 순간 벨기에 친구에게 친구의 말인 프랑스어로 위로를 건네고 싶었지만, 아무 말도 하지 못했다. 추모 인파에서 빠져나오면서 친구가 말했다. 불과 몇 시간 전, 추모를 반대하는 우익 훌리건들의 시위가 있었

다고. 흑백의 광장이 더 어두워지는 것 같았다. 광장 뒤편에 장갑차가 서 있었다. 그 장갑차를 지나 우리는 오줌싸개 소년을 만나러 갔다.

이미 본 사람들은 볼 필요가 없다고들 하지만, 안 본 사람들에게는 브뤼셀 최고의 명소인 오줌싸개 소년 앞에서 우리는 단체 사진을 찍었다. 그 사진 속에서 친구들은 웃고 있었다. 우리 가족도 더없이 환하게 웃고 있었다. 지금도 가끔 그때 사진을 보며 그 웃음을 생각하곤 한다.

어쩌면 극한의 끝에서 나오는 마라토너들의 '러너스 하이Runner's High'와 같은 것은 아니었을까? 너무 힘든 순간에 만날 수 있었던 찰나의 '하이'였던 것 같다. 하지만 분명하고도, 또 분명해서 슬픈 사실은 마라토너들도, 우리들도 '하이'를 느낀 뒤에도 계속 뛰어야 한다는 사실이다.

그날 저녁 우리는 벨기에 맥주와 함께 홍합을 먹었다. 너무 맛있어서 슬펐다. 그리고 우리는 헤어질 준비를 했다.

다음 날, 오랜 기다림 끝에 혼잡한 공항 건물 안으로 들어갈 수 있었다. 혼잡한 공항 안에서 또 오랜 기다림 끝에 더 혼잡한 탑승 게이트 앞까지 갈 수 있었다. 그 앞에는 의자는 물론이고, 바닥에도 앉아 있는 사람들로 장사진을 이루고 있었다. 비행기에 몸을 싣고 나서야 여행 가

—
123

방 속에 넣어두었던 책이 떠올랐다.

빠알간 시집, 김연숙 시인의《눈부신 꽝》을 펼쳤다. 돌아오는 하늘에서 벨기에 여행을 새겨놓은 것 같은 시구들을 발견했다.

정말 우리가 느낀 "공포는 지금 살아 있다는 표시(12쪽)"였고, "공포는 크고 아름다운 문이(12쪽)"라서 더욱 열고 들어가기 어려웠던 것일지도 모른다. 말로는 쉬웠던 "공존의 평화는 그렇게나 힘든(13쪽)" 것이었나 보다. "폐허조차도 사라져버(14쪽)"린 듯한 그 절망 속에서 "눈 앞이 문득 아찔(15쪽)"해짐을 느꼈으니까. 따뜻한 서유럽에 다녀왔는데, 마음은 "하마탄, 사막의 폭풍이 불면 꽁꽁 덧문을 닫는 나라에(16쪽)" 다녀온 기분이었다. 우리는 만나 "그렇게 한참 걸었(23쪽)"는데, 그 길은 그저 "어둑하고 지루한 길이었(23쪽)"던 것만 같았다. 무언가를 하고 있어도, 무언가를 보고 있어도 그저 "생각에 잠겨 낮꿈에 잠겨(41쪽)" 있는 것만 같았다. "타인의 장미(89쪽)"를 보면서 "오만 가지 생각들이 분자운동하(93쪽)"듯 나의 머리와 가슴을 흔들었고, 추모를 반대하는 시위대 앞에서 "부푸는 상처, 아물지 않을(58쪽)" 것 같은 상처의 고통을 느꼈다. 돌아오는 길은 "흑백으로 바뀌는 거리 풍경(59쪽)"이었다. 하늘은 더 이상 흑백이 아니었지만, 마음은 여전히 모노톤이었다.

내 마음 속 모노톤 벨기에가 어서 초콜릿과 와플처럼 부드럽고 달콤하며, 맥주처럼 깊고, 시원하면서도 감자튀김처럼 질리지 않고 축구처럼 스펙터클하면서 동시에, 스머프와 틴틴처럼 귀엽고도 모험심이 강한 왕국의 천연색으로 돌아왔으면 한다.

아직은 그냥 "잠시, 안전(21쪽)"할 뿐인 것 같다.
벨기에도, 우리가 사는 그 어디도.

• 《눈부신 꽝》, 김연숙 지음, 문학동네, 2015

"공포는 크고 아름다운 문이었다."

김연숙의 시 〈틈새〉 중에서

항상 그렇게 믿고 있습니다. 아름다움을 보기 위해선 공포의 문을 열어야 한다고.
혼자 열기 힘들다면 함께 열어야죠.

—
126

한
장
소
•

©Santi Rodriguez

오줌싸개 소녀
Jeanneke Pis

오줌싸개 소년Manneken Pis만 보지 마세요. 오줌싸개 소녀도 함께 봐야지요.

주소 Impasse de la Fidélité 10–12, 1000 Bruxelles, Belgium

베네치아라는
지구다움

　　　　　내가 살고 있는 곳을 '류블랴
나 촌村'이라는 의미로 '류촌'이라고 부르곤 한다. 스스로
를 '류촌 아재'라고 칭하기도 한다. '촌'이라는 단어는 작
아서 시골 같다는 의미도 있지만, 다른 마을, 다른 세계와
같다는 뜻이기도 하다. 그러니까 나는 '류촌'에 살면서, 어
쩌면 이곳이 지구가 아닐지도 모른다는 생각을 종종 한
다. 처음 류블랴나에 도착했을 때, 아내에게 이런 이야기
를 했다.

"테마파크 안에 있는 것 같아. 영화 〈트루먼 쇼〉 세트장
에 들어와 있는 것 같기도 하고. 시내에서 보이는 눈 덮인
산들이 너무 비현실적이라 가짜 같아. 화성에 온 것 같아."

이상한 말이지만 이곳에는 뭔가 '지구다움'이 없는 것 같기도 하다. 그래서 가끔은 '지구다움'을 느끼기 위해 떠나기도 한다. 이탈리아 베네치아로 갈 때마다 그 '지구다움'을 느낀다.

그 '지구다움'이란 무엇일까?
내가 느끼는 지구다움은 대략 이런 것들이다.

(사람들)

차로 갈 수 있는 베네치아의 끝, 로마 광장Piazzale Roma.
자동차가 광장에 도착하면 우리 모두는 내려야만 한다. 각자의 탈것에서 내려 프로그래밍이 된 것 마냥 누가 시키지 않아도 코스티투치오네 다리Ponte della Costituzione를 건너게 된다. 너무나 현대적이라서 베네치아에 어울리지 않는 다리를 건너면서 우리는 기대를 하게 된다.

얼마나 아름다울까?

베네치아의 아름다움에 앞서 사람들을 만나게 된다.

—
131

그렇다. 베네치아가 선사하는 첫 번째 지구다움은 사람들이다. 많은 사람이 아닌, 다양한 사람. 다리를 건너 좌측에 보이는 역, 산타 루치아역 광장 앞에 잠시만 있어 보면, 그 다양함이 고스란히 느껴진다.

세상에는 참 다양한 말이 있구나!
세상에는 참 다양한 사람이 있구나!

그리고 그들의 표정 속에 베네치아의 첫 번째 지구다운 아름다움이 깃들어 있다. 그들의 말보다 그 표정이 다채롭고 흥미롭다. 역 광장 계단에 앉아 그 사람들을, 그 표정들을 보고 있으면 여기가 진짜 지구라는 생각이 든다. 다양함의 보고, 지구별.

(물)

그렇게 사람들을 잔뜩 만나고 나면,
그렇게 다양한 표정에 감탄하고 나면,
그렇게 못 알아듣는 말들을 한참 듣고 나면,
그래서 사람들을 피하고 싶다는 생각이 들 무렵이면,

그래서 나 역시 다양한 표정 중 하나를 만들고 있겠구나 하는 생각이 들 때,

그래서 외국어 공부를 하는 것이 좋겠다는 한국식 사고가 펼쳐질 즈음이면,

'물'이 보이기 시작한다.
물의 도시.
그래 여기는 베네치아,
'물반ᵻ 길반ᵻ'인 도시.

그리고 수상버스, 수상택시, 곤돌라까지 마구 보이기 시작한다. 집안에 꼭꼭 숨어 창문을 꼭꼭 닫고 벽을 보고 있지 않는 한 물을 보지 않을 수 없는 도시, 그 물의 도시에 서서 물을 보고 있으면, 그리고 그 물 뒤에 있는 수많은 사람을 보고 있으면 지구가 생각난다.

물이야말로 가장 지구다운 것.
물이 없었다면, 지구도 없었을 테니.
물이 없었다면, 사람이 사는 지구도 없었을 테니.

물을 따라 흐르는 물길이 보이고, 사람의 길들이 보인다.
사람이 만든 길들, 사람이 걷는 길들이 보인다.
그리고 어떤 길 위에 서 있다.

길을 제대로 한 번 잃는 것이야말로 베네치아 여행의
백미라고 하는 사람들도 있다. 어떤 이들은 절대 길을 '잃'
지 않기 위해, 길을 잘 '읽'기 위해, 길은 보지 않고, 스마트
폰만 보기도 한다. 어떤 종류의 사람이든 그 중심에는 길
이 있다. 사방으로 연결된 좁고 혹은 넓은 길.

길은, 지구에만 존재한다.
길을 잃는다는 것.
길 위를 걷는다는 것은 지구에서만 가능한 일이다.
무엇보다도 지구에만 있는, 사람이 만든 길,
베네치아에는 바로 그 길들이 그득하다.
사람들만큼, 물만큼이나 길이 넘친다.

사람, 물, 길을 한참 구경한 후에야 진짜 베네치아의
속을 볼 수 있다.

—

그런 베네치아의 지구다움이 참 좋다.

언젠가 베네치아에서 돌아와 앤디 위어의 소설《마션》을 읽은 적이 있다. 그 후로 베네치아의 지구다움만큼, 내가 살고 있는 류블랴나의 화성다움이 좋아졌다. 정말 여기가 한 나라의 수도가 맞느냐는 질문이 일상적일만큼 사람이 적고, '강'이라고 불리는 물이 흐르긴 하지만, 다른 도시의 강에 비해 턱없이 소박하게 '졸졸졸' 흐르는, 대부분의 길이 한적하기 짝이 없어 길을 잃은 것이 아닌가 하는 착각마저 들게 하는 지구답지 않은, 그래서 상대적으로 탈지구스럽고, 화성답다고 하는 것이 어울릴 법한 곳.

그래서 베네치아를 다녀온 날이면, 더욱 더 스스로가 화성인, '마션Martian'이 된 느낌이다.

사람도, 물도, 길도 적은 곳에 혼자 남게 된 것 같은 느낌. 막연히 누군가의 접선을 기다려야 할 것 같은. 하지만 운명을 스스로 결정할 수 있는 화성인이라는 생각이 드는 순간, 마음은 꽤 가벼워진다.

특히, 이 화성다운 곳에서 진짜 화성에 살고 있는 초긍정 우주인의 유쾌한 이야기를 편히 읽을 수 있다는 사실이 마음에 쏙 든다.《마션》의 마지막 문장처럼, 너무 행복해진다. *This is the happiest day of my life*(오늘이 내 생애 가장 행복한 날이다)*!* 물론 기약 없이 화성에서 혹은 류블랴나에서만 살아야 한다면, 《마션》의 첫 문장처럼 나는 큰일이라고 소리질렀을 것이다. *I'm pretty much fucked*(완전 좆됐네).

정말 극단적이지만 않다면 장소는 어디든 중요하지 않다. 화성에서도, 지구에서도, 베네치아에서도, 류블랴나에서도, 행복할 수도 불행할 수도 있다. 그럼에도, 모두에게 이렇게 묻고 싶다.

당신의 지구는 어디인지?
그리고 당신의 화성은 또 어디인지?

• 《The Martian》, Andy Weir 지음, Broadway Books, 2014

"당신은 이것을 '실패'라고 말하려 할지도 모른다.
하지만 나는 '경험'이라 말하고 싶다."

I guess you could call it a 'failure',
but I prefer the term 'learning experience'

'실패'라는 말은 오직 모든 것이 완전히 완전히 완전히 끝났을 때만 쓸 수 있는 표
현입니다. 죽기 전까지 우리가 겪는 크고 작은 어려움은 다 경험일 뿐입니다.

마르게라 지구
Marghera

꼭 마르게라에 가지 않아도 괜찮습니다. 다만, 베네치아 섬 밖을 한 번 둘러보세요. 거기에 이탈리아 사람들의 일상이 있지요. 거기엔 여유도 있고요. 심지어 물가도 합리적이랍니다. 우울함과 어두움도 있고요.

이탈리아에서
조이스를
상상하다

이탈리아
트리에스테에서
제임스 조이스의
《더블린 사람들》을 읽다

　　　　누군가 내게 유럽에서 가장
좋아하는 도시가 어디냐고 묻는다면, 나는 망설임 없이
대답할 수 있다.

　"슬로베니아의 류블랴나."

　이유는 내가 그리고 우리가 지금 살고 있기 때문에.

　누군가 내게 유럽에서 두 번째로 좋아하는 도시가 어디
냐고 묻는다면, 나는 역시 망설임 없이 대답할 수 있다.

　"이탈리아의 트리에스테Trieste!"

이유는 제임스 조이스가 살았기 때문에.

트리에스테는 바다와 커피와 제임스 조이스의 도시이다.
이탈리아 북동부에 위치한 인구 30만의 항구 도시, 트
리에스테는 슬로베니아 류블랴나에서 100킬로미터 정도
떨어져 있다. 차로 한 시간 남짓이면 갈 수 있다. 이곳은
트리에스테만, 아드리아해로 이어지는 바다를 볼 수 있는
곳이며 라바짜, 세가프레도 등과 함께 이탈리아 커피를 대
표하는 커피 브랜드 '일리'의 본사가 있는 곳이기도 하다.
바다향과 커피향을 함께 맡을 수 있는 곳이자, 시내 곳곳
에서 '문학향'이 풍기는 곳이기도 하다. 향기들의 거리를
걸으며, 내가 가장 좋아하는 작가의 삶의 흔적을 확인하는
일은 딱, 행복 그 자체다. 트리에스테의 거리를 걸을 때마
다, 제임스 조이스가 살았던 동네의 카페에 앉아 일리 에
스프레소를 마시는 행운을 누리는 나야말로 축복받은 인
간이라는 생각을 하곤 했다. 절로 그런 생각이 든다.

제임스 조이스는 아일랜드를 대표하는 작가이지만,
20대 초반 젊은 나이에 조국 아일랜드를 떠나 대부분의
생을 이탈리아, 프랑스, 스위스 등 외국에서 살았다. 1904
년, 스물두 살의 조이스가 지금의 크로아티아 풀라Pula를

잠시 거쳐, 처음으로 정착한 곳이 바로 이탈리아 트리에 스테였다. 조이스는 이탈리아의 항구 도시에서 장교들에게 영어를 가르치며 생계를 꾸렸고, 그곳에서 노라 바네클Nora Barnacle과 사랑을 하고 결혼 생활을 시작했고, 아이들도 낳았다. 그리고《더블린 사람들》,《젊은 예술가의 초상》과 같은 그의 초기 작품도 트리에스테에서 태어났다. 파리에서 완성한《율리시스》를 쓰기 시작한 곳도 트리에스테였다.

트리에스테에 방문할 때마다 매번 조이스의 스폿spot에 들린다. 조이스의 스폿에서 그때의 조이스를 상상하는 일을 무척 좋아한다.

그런데 광장Piazza Grande에서는 젊은 조이스의 욕을 상상한다. 1904년 10월 20일, 도시를 대표하는 이 광장에서 조이스는 만취 상태에서 영국 뱃사람들과 다툼을 했다고 한다. 술을 좋아했던 조이스는 바에서 소리를 지르고, 소란을 피워 경찰에 잡혀갔다가, 영국 영사의 도움으로 몇 시간 만에 풀려났다고 한다. 광장에서, 사람 많은 바에서 아이리시 억양으로 고함을 지르고 욕을 했던 20대의 조이스를 상상해보면 왠지 미소가 지어진다.

산 니콜로 거리Via S.Nicolo에서는 생활인 조이스를 상상한다. 30번지와 32번지에 그의 흔적이 남아 있다. 지금은 번화가가 된 그 거리의 건물에서 100년 전 조이스의 삶을 상상할 수 있다. 30번지 2층 건물 앞에 홀로 서서 단편 소설을 쓰고 있는 조이스를 상상한다. 하루 종일 앉아 작품에 쓸 단어 몇 개를 간신히 선별했던 진중한 작가의 삶. 소설가 조이스가 작은 방에서 2,500킬로미터 떨어진 고향 사람들의 이야기를 썼을 시간, 아빠가 된 조이스가 아들을 보며 행복해했을 시간.

지금은 세계적인 패스트 패션 브랜드의 매장이 있는 산 니콜로 32번지에서 직장인 조이스는 영어를 가르쳤다. 아직까지도 영어 교육기관으로 세계적인 명성을 지닌 베를리츠Berlitz가 그의 직장이었다. 그가 아이리시 억양으로 영어를 가르쳤을지, 런던 억양을 흉내했을지 궁금하다. 무엇보다도 그의 이탈리아어가 궁금하다. 제임스 조이스의 영어가 아닌, 이탈리아어를 상상하고 있으면 그와 그의 작품에 더 가깝게 다가간 것 같은 착각이 든다. 생활인 조이스가 이탈리아어를 쓰는 상상은 트리에스테에서 가장 유효하다.

산 니콜로에서 멀지 않은 산트안토니오 누오보 광장 Piazza Sant'antonio Nuovo 6은 지금도 사람들이 붐빈다. 특별히 사람들이 많아 눈에 띄는 카페가 있는데, '스텔라 폴라레 Stella Polare'이다. '별'이라는 이름의 카페. 하지만 흔한 '별' 이 아닌, '극성Pole star'이라는 특정된 별이라 불리는 곳. 그 카페에 문학의 별, 조이스가 자주 갔다. 노천에 앉아 바닷 바람과 함께 진한 커피를 마시며, 책을 읽거나 누군가에 게 책을 읽어주거나 사람들의 이야기를 듣거나 사람들에 게 이야기했을 그를 상상하면, 그의 일상이 그려진다.

제임스 조이스의 단골 빵집이었던 피로나Pirona는 라르 고 바리에라 베키아Largo Barriera Vecchia 12번지에 있다. 시내 에 있진 않지만, 아직까지 영업을 하는 것으로 봐선 명성 뿐만 아니라, 맛도 보증이 되는 곳인 것 같다. 빵집 구석 에 앉아 포도주와 빵을 먹었을 직장인 조이스, 따뜻한 빵 을 사서 집으로 뛰어갔을 가장 조이스를 상상하면, 이방 인 조이스의 삶이 상상이 된다. 빵집의 허름한 외관에서 조이스와 나와의 시간 차이를 감지한다.

로마 거리Via Roma 16에 가면, 트레에스테만의 바다와 트리에스테의 대표적인 랜드 마크인 산트안토니오 누오 보 성당Chiesa di Sant'Antonio Nuovo 그리고 걷고 있는 제임스 조 이스를 만날 수 있다. 신으로 가는 길인 성당과 다른 세 계로 통하는 바다 사이로 조이스가 걷고 있다. 이 동상은 마치 두 세계를 잇는 조이스의 문학처럼 의미심장하다.

1904년, 조이스는 100년 뒤 그 자리에 자신의 동상이 있을 거라고 상상하지 못했을 것이다. 동상 앞에 서서 조이스의 걸음걸이를 상상해본다. 여유 없이 종종 걸었을 것 같은 조이스.

마돈나 델 마레 거리Via Madonna del Mare 13은 관광객들이 찾는 곳은 아니다. 나는 그곳을 팬의 마음으로 찾았다. 제임스 조이스의 이름을 달고 있는 박물관이지만, 팬에게는 너무나 아쉽게 느껴지는 작은 규모의 박물관이다. 정숙하고도 친근한 분위기가 마음에 든다. 박물관이라기보다 도서관에 가까운 느낌도 좋다. 그곳 직원에게 조이스와 이탈리아 작가 이탈로 스베보Italo Svevo의 우정 이야기를 들으면서 이탈리아어를 공부하고 싶어진 적도 있었다. 실제로 조이스는 이탈리아어를 아주 능숙하게 했다고 한다. 그리고《율리시스》의 의식의 흐름 수법은 스베보의 영향이라는 것이 정설에 가깝다. 그 공간에서 두 사람의 대화를 상상하고 있으면 왠지 행복해진다.

트리에스테에서 제임스 조이스의 흔적을 따라 걷고, 그의 스폿 앞에서 그를 상상하다 제임스 조이스라는 이름의 호텔로 돌아와《더블린 사람들》을 읽으면 조이스적인 하루가 마무리된다. 호텔의 이름을 보고 문학의 거장

을 상업적으로 사용한다는 사실에 화낼 필요는 없다. 그냥 여기도 조이스구나, 편히 상상하며 이탈리아의 조이스를 한 번 더 상상하며 잠자리에 들면 그것으로 족하다.

제임스 조이스를 좋아하지 않더라도, 혹여 그가 누군지 모르더라도 트리에스테는 충분히 매력적인 도시다. 바다가 있고, 산이 있고, 유럽 스타일의 건물들이 있고, 무엇보다도 맛있는 커피가 있는.

• 《더블린 사람들》, 제임스 조이스 지음, 이강훈 옮김, 열린책들, 2013

한
문
장
·

"그리고 눈이 부드럽게 살포시 전 우주에,
살포시 부드럽게, 마지막 종말을 향해 하강하듯이,
모든 산 자들과 죽은 자들 위에 내려앉는 소리를 들으며
그의 영혼도 천천히 희미해져갔다."

《더블린 사람들》의 마지막 문장을 읽을 때마다 이런 생각을 합니다. 또 한 번 다 읽은 조이스 앞에서 나는 '에피파니epiphany'를 깨달았나? 조이스의 작품, 특히 《더블린 사람들》을 읽으면 알아야 한다고, '갑작스러운 깨달음'인 '에피파니'는 도대체 무엇일까? 당장이 아니어도 좋고, 갑작스럽지 않아도 좋으니 영혼이 다 희미해지기전에 그 '깨달음'을 느끼고 싶을 뿐입니다. 어쩌면 '에피파니'를 기다리는 그 마음, 그 자체가 '에피파니'일지도 모른다는 생각도 하면서요.

한
장
소
•

©Aleksei Isachenko

일리 커피숍
illy Caffè

그저 흔한 프랜차이즈 커피숍입니다. 그래도 '일리'는 다릅니다. 정말 커피도 맛있고, 케이크도 커피만큼 맛있습니다. 맞습니다. 일리를 좋아하는 건 충분히 일리가 있는 일입니다.

주소 Via delle Torri, 5, 34122 Trieste TS, Italy

영화제
with
리플릿

조금 재수 없게 들릴지도 모르겠지만, 매년 이탈리아의 특정 도시에 간다. 좀 더 구체적으로 말하면 더 재수 없어지는데, 나는 한국 영화를 보기 위해 이탈리아에 간다. 마치 맛있는 우동 한 그릇을 먹으러 일본 맛집에 간다는 허세처럼 들리겠지만, 사실이다. 유럽 곳곳에서 한국 영화, 한국 드라마, 한국 음악의 위력을 몸소 느끼고 있지만, 영화관 자체가 많지 않은, 게다가 영화의 다양성을 존중하는 슬로베니아에서 한국의 상업 영화를 보긴 무척 힘들다. 류블랴나에서 맛있는 우동을 먹는 것만큼이나.

우리는 지금 언제 어디서나 영화를 볼 수 있는 시대에

살고 있는데, 영화를 꼭 영화관에서 봐야 하냐고 묻는다면, 웬만하면 그러고 싶다는 게 나의 대답이다. 영화관의 존재 이유를, 영화제의 존재 이유를 나는 긍정적으로 수긍하는 쪽이다. 모든 약을 약사에게 받을 수 없는 것이 현실이지만, 되도록 약사가 권하는 약을 먹는 것이 옳다고 나는 믿는다. 맥주는 집에서보다 펍에서 마실 때 함께 나눌 이야기가 더 생긴다고 믿는 것처럼. 영화를 좋아한다면, 시간을 내서 1년에 한두 차례는 영화제에 가보는 것이 좋다고 생각한다. 그런 까닭에 한국 영화를 보기 위해 이탈리아 우디네Udine에 매년 간다. 관광 산업의 눈으로 볼 때, 볼거리가 많지 않은 우디네는 이탈리아에서도 관광객이 적은 도시 중 하나다. 물론, 한국 사람들에게 이곳은 생경한 곳이다.

우디네는 슬로베니아 국경에서도 멀지 않고, 인구는 10만이 채 되지 않는 작은 도시이다. 류블랴나에서 우디네까지는 150킬로미터 정도, 차로 두 시간이 걸린다. 서울에서 대전 정도의 거리이다.

4년 전, 가족들과 함께 처음 우디네에 갔을 때 놀랐던 기억이 있다. 국제 영화제 기간이니 북적거리는 분위기를 기대했는데, 도시는 의외로 한산했다. 심지어 시내에 있는 영화제 사무실에는 직원 한 명만이 앉아 있었다. 매년 4월 말, 5월 초에 이곳 영화제를 찾으면서 나는 그 도시의 분위기에 익숙해졌다. 영화제는 우디네 지오반니 극장 Teatro Nuovo Giovanni da Udine에서 열린다. 다른 상영관이 있긴 하지만, 거의 모든 영화가 지오반니 극장에서 상영된다. 그러니 초대 손님들, 관객들, 기자들 모두 지오반니 극장 혹은 그 주변에 있다. 극장 주변이 시끌벅적한 반면, 상대적으로 시내는 비교적 한산하다.

우디네에서 열리는 영화제 이름은 '극동영화제'. 올해로 21회니까 꽤 역사가 있는 영화제다. 영화만 보여주는 것이 아니라 아시아의 배우들과 감독들, 기자들이 많이 찾아온다. 개인적인 평가이지만 손에 꼽히는 작지만 알찬 영화제이다. 영화제에는 '극동'이라는 딱지가 붙어 있지만 한국, 중국, 일본 영화는 물론이고, 최근에는 태국, 필리핀, 인도네시아 등 다양한 아시아 영화들이 소개되고 있어 볼거리가 점점 더 풍성해지고 있다. 무엇보다 한국학 포함 아시아학을 전공하는 교원이 학생들과 함께 영화제에 가면 숙박을 제공해주는 장점이 있다. 이제는 내가가기 싫어도 학생들이 함께 가자고 하는 형국이 되고 말았다. 한국에서 만나기 힘든 감독과 배우들도 볼 수 있고 심지어 함께 사진을 찍고 잔디밭에 앉아 안부를 주고받는

호사를 누릴 수도 있다. 심지어 홍금보, 임청아 같은 전설적인 배우들도 만나는 호사를 누릴 수도 있다.

　작년에도 학생들과 함께 한국 영화를 보러 이탈리아에 갔다. 영화 상영 중간중간 읽을 책으로 백민석 작가의 《리플릿》이 동행했다. '리플릿'은 원래 "화랑에서 전시를 찾은 손님들을 위해 마련한, 전시 내용을 간략하게 실은 두어 페이지짜리 인쇄물(5쪽)"인데, 우디네에 동행한 《리플릿》은 백민석의 미술 에세이다. 내 나름의 기준으로 고른 딱 한 권의 책이었다. 책을 많이 들고 영화제에 가봐야 읽지도 않을 테니, 한 권만! 이야기를 많이 볼 테니, 소설은 제외! 길게 독서할 시간은 없을 테니, 짤막짤막한 장으로 구성된 책이 적격! 글만큼 그림 혹은 사진도 보기 좋은 책! 《리플릿》이 딱 그런 책이다. 《리플릿》 한 권을 여기저기서 짬나는 대로 읽었다. 영화 관람 전후에 이탈리아 에스프레소를 홀짝 거리면서, 감독과의 대화 시간을 기다리면서 영화관 구석에 쪼그리고 앉아서, 식당에 앉아 주문한 식사를 기다리면서, 또 홀로 밥을 먹으면서, 숙소에서 잠이 오지 않을 때, 아무 페이지나 펼쳐 읽었다. 리플릿 형식의 책이니 처음부터 읽지 않아도 괜찮아 더욱 좋았다.

고통이 응축되고 응축되고 더 이상 응축될 수 없을 지경에 이르렀을 때, 비로소 확고한 방향과 분명한 크기의 벡터적 힘으로 (그녀의) 손끝에서 다시 태어나 작품의 도처에서 흘러넘친다. (49쪽)

영화 〈재심〉(김태윤 연출, 2016)을 보고 나와 영화관 앞 잔디밭에 앉아 이 문장을 만났다. 《리플릿》에서 백민석 작가는 분명히 독일의 판화가 케테 콜비츠Käthe Kollwitz에 대해 언급했지만, 나는 방금 본 영화의 배경인 '익산 약촌 오거리 택시기사 살인사건'이 떠올랐다. 이 사건은 알려진 바와 같이 억울하게 살인 누명을 쓰고 억울하게 옥살이를 하게 된 젊은이의 실제 이야기다. 영화는 실화를 모티프로 만들었다.

《리플릿》은 케테 콜비츠와 세월호의 비극에 대해 이야기하고 있었다. 실제로 콜비치는 전쟁에서 아들을 잃은 슬픔이 있었다. 전쟁에서 자식을 잃은 슬픔을 무엇과 비교할 수 있을까? 하지만 그보다 더 큰 비극은 세월호 참사일지도 모른다. 백민석 작가의 말처럼 "콜비츠의 아들이 전쟁에 참전한 것은 스스로 자신의 인생을 결정"한 것이었지만, 세월호의 희생자들은 "그런 선택의 여지조차 주어지지 않"았기 때문이다. 그저, "어른들의 부패와 어리

석음에 희생"된 것이기 때문이다. 케테 콜비츠와 약촌 오거리와 팽목의 차가운 바다를 떠올리며 나는 이런 생각을 했다. 우리 삶에 "고통이 응축되고, 응축되고 더 이상 응축될 수 없는 지경"인 것이 너무 많구나. 그래서 참 슬프구나.

나는 기억하고 있다. 영화관을 나왔을 때 만났던 그 황홀한 이탈리아의 햇빛을, 그 잔디의 촉감을. 너무나도 눈부셔 슬펐던 그 빛을. 너무나도 보드라워 어색했던 그 촉감을.

작품이 워낙 코믹해서 당장은 그냥 슥 보고 웃고 말았지만, 어찌된 일인지 좀처럼 잊히지가 않는다. (54쪽)

《리플릿》에서 백민석 작가가 너무 코믹하지만 잘 잊히지 않는다고 말한 화가 조습의 연작 〈어부들〉의 〈물허벅〉이라는 그림을 보다가, 박광현 감독의 〈조작된 도시〉(2017)를 보러 들어갔다.

〈조작된 도시〉는 첫 장면부터 스타일리시하다고 윽박지르는 영화였다. 앞으로 여러분은 잘 만든 오락 영화를 보시게 될 겁니다, 라고 고막에 대고 외치는 것 같은. 연

출자가 시에프CF 감독 출신인 데다가, 영화의 주요 소재가 가상현실(게임)이라서 더 그랬겠지만 장면, 장면을 너무 스타일리시하게 만들려고 한 탓인지 도리어 어느 장면에 집중해서 봐야할지 혼란스러웠다. 결국 이건 오락 영화니까 그냥 슥 봐야지, 라고 결심해버렸다. 이 사람은 좋은 사람이고, 저 사람은 나쁜 사람이잖아, 이렇게 간단하게 이분화한 후, 그냥 전자가 후자를 이기는 과정을 즐기는 방식의 관람법을 선택했다. 그런데 어찌된 일인지 그런 관람법이 제대로 작동하지 않았다. 나쁜 사람이 졌는데도 뭔가 속이 후련하지 않았다. 어찌된 일인지 영화를 다 봤는데, 끝난 느낌이 들지 않았다. 영화 상영이 끝난 뒤, 주최 측에서 준비한 감독과의 대화 시간이 있어서 그 자리에 앉아 있는데, 뭔가 깨달았다.

박광현 감독은 이렇게 말했다.

"대한민국 세대별 특징을 인물에 응축해서 담았습니다."

〈조작된 도시〉의 나쁜 사람은 그냥 나쁜 사람이 아니었다. 바로 우리, 아니면 나였다. 스타일로 그것을 감추려고 했지만 그렇게 되지 않았다. 감독과의 대화가 끝나고 다시 조습의 〈물허벅〉을 보았다. 그림 속 인물들은 엉뚱

한 복장을 하고, 어색한 장소에서 재미있는 동작들을 하고 있었지만, 나(관람자)의 시선을 피하고 있었다. 나는 이상하게 부끄러웠다.

우디네에서 봤던 영화 중 가장 폭력적이었던 작품은 〈프리즌〉이었다. 영화에 대한 사전 정보 하나 없이 학생들과 함께 봤는데, 학생들은 좀 놀란 눈치였다. 그들에게 한국은 덜 폭력적인 나라였나 보다.

여성의 눈을 가리는 행위는 입을 막는 행위보다 더 근본적으로 폭력적이다. (124쪽)

이 문장은 비토리오 마테오 코르코스Vittorio Matteo Corcos의 그림을 설명하는 부분에서 발견했다. 저자는 비토리오의 그림을 감상하면서 여성주의에 대해 언급했고, 이 문장은 그런 맥락에서 쓴 문장이었다.

영화를 보기 전에 봤던 비토리오의 그림들이 너무 눈처럼 순결했던 탓에 〈프리즌〉은 더욱 강렬하게 다가왔다. 감옥을 배경으로 한 흔한 느와르 영화인데, 감옥이 배경인 탓에 잔인한 장면이 꽤 많이 나왔다. 그러나 가장 불편했던 순간은 잔혹한 장면이 아니었다. 그 폭력을 모른 척하거나 동조하는 사람들의 모습이 나올 때였다. 극단적인 폭력 앞에서 입을 다물 수밖에 없는 상황, 그것을 우리는 '위험'이라고 할 수 있으니. 영화를 보고 다시 본 비토리오의 작품들은 더 순결하게 느껴졌다.

며칠 간, 이탈리아의 소도시에서 보내고 집으로 돌아오는 길에 나는 영화의 장면들이 아닌 《리플릿》의 두 문장을 생각하고 있었다. 그것은 영화 예술에 관한 고민이 아니었다. 그냥 한국 사회에 대한 고민이었다. 돌이켜보니, 우디네에서 지켜봤던 영화들도 모두 한국 사회에 대한 고민이었다.

예민한 작가는 사회를 표현한다기보다는 앓는다. (23쪽)
아름다움은 오늘날의 예술에서 죽어버렸다. 아름다움은 백년, 혹은 그 이상 된 작품이나 예외적인 작품에서나 살아 있다. (204쪽)

머릿속에 남은 두 문장은 이탈리아에서 본 한국 영화들을 설명하는 것 같았다. 그해 본 한국 영화는 아름답지 않았다. 누군가에게 선뜻 보라고 할 수도 없었다. 영화의 좋고 나쁨의 문제가 아니었다. 취향의 문제도 아니었다.

작가들의 '앓음'이 느껴졌기 때문이었다. 예민한 예술가들의 앓음이 너무 진했기 때문이었다.

어쩌면 이미 죽어버렸을지 모르는 영화 예술의 아름다움을 찾고 있던 것일지도 모르겠다. 예술을 아름다움 그 자체라고 믿는 사람들에게는 미안하지만, 난 예술도, 영화도 꼭 아름다워야 한다고 생각하지 않는다. 사회를 앓는 예술도 있고, 아름다움이 덜한 예술도 있다. 대부분의 경우 현실을 앓던 우리를 영화가 위로해줬던 것처럼, 영화를 만들면서 앓았던 사람들을 우리가 위로해줄 수도 있다고 생각한다.

올해도 어김없이 한국 영화를 보기 위해 이탈리아로 떠날 준비를 하고 있다. 또 다른 예술가들의 앓음에 동참할 준비가 되어 있다. 그런데 《리플릿》만큼 영화제에 적합한 읽을거리를 나는 아직 찾지 못했다.

• 《리플릿》, 백민석 지음, 한겨레출판, 2017.

한
문
장
·

"도대체 아름다움은 어디에 있는가?"

아름다움은 어디에 있을까요? 아름다움은 내 안에, 혹은 네 안에 있다는 흔한 이야기를 하고 싶진 않습니다. 다만 꼭 아름다움이 존재해야 하는지 되묻고 싶을 뿐입니다.

한
장
소
•

우디네 성
Udine Castle

영화제에 오신 분들은 굳은 허리, 충혈된 눈을 위해 걷고 하늘을 보세요. 여행을 오
신 분들은 도시를 한눈에 보시고, 유럽을 느껴보셔야죠.

주소 Piazzale Patria del Friuli, 1, 33100 Udine UD, Italy

노란 시집과
런던행

가벼운 여행에는 가벼운 시집 한 권이 제격이다. 나는 가난하지만 여행을 사랑하고, 여행만큼 독서를 사랑하는 사람이니까. 소설을 끔찍이 사랑하지만 잠시 소설은 사치라고 믿어버리고, 시와 함께 떠나는 것이 진리라고 믿어버리자.

별과 같이 많은, 별보다 더 빛나는 우주의 셀 수 없이 많은 시인들 중에서 런던에 동행한 시인은 권기만.

가벼운 여행의 동반자로 그를 선택한 이유는 가벼움 때문이 아니었다. 무거움이 그 이유였다. 해설을 빼면 고작 88쪽인 이 가벼운 시집 속의 시에서 묵직함이 느껴진다. 그 안에는 '허투루'가 일절 없다. 시어의 몸체가 건장하고 아주 다부지다. 그런데 그 단단함은 개인 트레이너를 통해, 정해진 프로그램으로 다져진 것 같지가 않다. 일상의 부지런함과 삶의 노동으로 얻은 일상의 잔근육들로 느껴진다. 그렇게 가벼운 시집 속 단단한 시들과 함께 런던으로 향했다.

'바이칼', '킬리만자로', '마추픽추'와 같은 야생의 것들로 차 있는 시집은 노란색으로 포장되어 있다. 지구촌에서 가장 지구다운 야생의 시집과 인류가 만든 가장 인간스러운 도시 중 하나인 런던이 만난다. 노랗게 포장된 시집이 빨간 도시로 떠나는 것은 어쩐지 어울리지 않을 것 같아 더 끌리는 조합이다.

그렇게 노란 야생을 들고, 빨간 인류로 떠났다.

(물방울의 나라62쪽)

그러나 찾아볼라치면 거짓말처럼 숨어버리지
거기 어디쯤 강이 있다고 상상을 해봐
치어들이 그 쪼그만 눈으로 굴려먹는 물소리라니

'잉글랜드'하면, '물방울'이 떠오른다. 자주 내리는 비

—

때문일지도 모르겠다. 사면이 바다로 둘러싸인 섬나라여서 그렇기도 할 것이다. 하지만 내 머릿속에 떠오르는 것은 그냥 '물'이 아니라 분명 '방울'이다. 거대한 대양이 아닌, 촉촉하고 상큼하고 귀엽기까지 한 물방울. 그들은 아직 스스로를 '위대하다Great'고 믿고 또 그렇게 말하지만, 실제로 그곳은 내겐 그렇게 보이지 않는다.

대영제국의 수도 런던은 귀엽다. 주택가 곳곳에 보이는 영국식 작은 집들, 오밀조밀 좁은 골목들, 문이 작고 낮아서 고개를 살짝 숙이고 타야 하는 지하철, 도심을 천천히 누비는 이층 버스 그리고 물방울처럼 통통 튀는 영국식 영어의 소리들.

대서양이라는 물 위에 동동 떠 있는 방울방울 귀여운 나라, 나에겐 그곳이 잉글랜드. 겉으로는 한껏 위엄 있는 척하면서 간혹 타이밍에 맞지 않는 큰 소리도 치지만, 사실 아기자기한 소품들을 수집하며 행복을 느끼는 중년과 같은. 한때는 세상을 호령했지만, 지금은 달콤한 쿠키와 따뜻한 차 한 잔 앞에서 옛날이야기를 술술 풀어놓는 포근한 느낌의 노년과 같은.

그것이 나의 런던, 나의 잉글랜드이다.

마음먹고 찾으려면 거짓말처럼 숨어버리지만, 어디쯤 있다고 상상의 눈을 뜨면 보이는 물방울의 나라. 오래된

—
169

강물 밑으로 아직 치어 떼가 노닐 것 같은, 어린 물고기들을 한껏 만날 수 있을 것만 같은 곳.

천천히 걸어들어가 봐.
입질이 느껴져?

(시인의 말5쪽)

겨울엔 여름이 그립고
여름엔 겨울이 그립다
내 안의 사계는 따로 돈다

유럽의 대륙에 사는, 작은 마을에 사는 나는 섬이 그립고 큰 도시가 그립다.

뭍에선 섬이 그립고
섬에선 뭍이 그립다
내 안의 향수鄕愁는 따로 논다

그렇게 내게 부족했던 것이 무엇인지 말해주는 곳, 런던.

—

빨간색 이층 버스의 이층 가장 앞자리에 앉아 차가 많아 체증이 심한 도심을 아주 천천히 움직이며, 차창 밖으로 바쁘게 움직이는 대도시 사람들을 감상하는 것, 이어폰을 끼고 바쁘게 움직이는 일상의 사람들과 함께 미로같이 좁은 '통tube'로들을 지나 '통tube'처럼 생긴 '지하철tube'를 타고 익명의 누군가가 되어 어딘가로 가는 것, 유럽의 작은 마을에 없는 프랜차이즈 커피숍에서 익숙한 맛의 달콤한 라테나 시원한 프라푸치노를 마시며 핸드폰을 만지작거리는 것, 실제로는 몇 번 본 적도 없지만 영화나 드라마, 인터넷으로 너무 많이 봐서 익숙한 다리를 배경으로 사진을 찍는 것.

그런 도시스러운 것들이 종종 그립다.

도시를 향한 향수를 느끼게 해주는 곳은 바로 런던.

(**우물**24쪽)

목마를 때 경주 박물관 간다
뜰 앞 우물에서
공손하게 물 한 바가지 떠먹는다
이 우물 앞에선 텅 빈 마음이 바가지다

—

171

시인이 목마를 때 경주 박물관에 가는 것처럼, 런던을 돌아다니는 자들은 목마를 때 아무 박물관에나 갈 수 있다. 런던에서는 예술이 고플 때 망설일 필요가 없다.

모든 미술관, 박물관이 무료니까.
마음에 예술이 부족할 때 돈을 요구하지 않으니까.
그저 공손한 마음으로 텅 빈 마음에 아름다움을 담으면 된다.

코톨드 갤러리The Courtauld Gallery의 '풀밭 위의 점심식사 The Luncheon on the Grass'도 좋고, 영국 국립 초상화 미술관의 '버지니아 울프'도 멋지고, 내셔널 갤러리The National Gallery 의 페테르 파울 루벤스Peter Paul Rubens의 작품들도 아름답지만, 그 무엇보다 테이트 모던의 바닥이 좋다. 예술이 그득한 건물, 아무 모퉁이나 앉아 조용히 눈을 감고 있으면 감정의 물이 고여 차고 넘치는 느낌이 든다. 그 감정의 물이 비록 제국주의의 못쓸 산물일지라도, 간혹 이해할 수 없는 난해함으로 다가와도 괜찮다.
내 안에 무언가가 차오르는 그 느낌으로 모든 것은 그냥 괜찮아진다.

물이 고여와 넘친다

넘쳐흘러 하늘에 가 고인다

소래포구에 가자고 하면

낙조에 볼 비벼보고 싶다는 말이다

염전 한 채 들여놓고 싶다는 말이다

   런던에서 문뜩 낙조에 볼이라도 비벼보고 싶어지면, 소래포구 대신 빅토리아역에서 기차를 타면 된다. 기차를 타고 브라이턴으로 가면 된다. 브라이턴에 가서 12번이나 13번 버스를 타면 된다. 그리고 '세븐 시스터즈' 역에서 내리면 된다. 그곳에서 자매들 대신 볼을 비비고 싶은 낙조가 있다. 그리고 낙조보다 아름다운 해안 절벽이 있다. 새하얀 절벽이 너무 아름다워 숨이 멈출 것 같은 풍경이 펼쳐진다. 그대로 멈춰서 낙조에 볼을 비비고 싶은 그런 아름다움이 바닷바람과 함께 느껴진다.

   문득 런던보다 더 위대한 잉글랜드를 보고 싶으면 그

—

173

곳으로 가면 된다.

소리에 닻을 내리고
한 사나흘 정박해 있자는 말이다
밀물 썰물로 소리의 결구를 맞추자는 말이다

장마33쪽

잠시 쉬어가는 휴게소 같은 생
서둘러 우동 한 그릇 비우고
다시 장마 속으로 몸을 던진다

런던은 그런 곳.
오래 머물지 않아도 좋은 곳.
다시 장마 속으로 몸을 던질 용기를 심어주는 곳.
일상이라는 장마를 피해 잠시 쉬어가는 휴게소 같은 곳.
서둘러 우동 한 그릇만 비우고 와도 진한 국물 맛으로
한동안 음식 투정을 멈추게 하는 곳.

가벼운 여행에는 가벼운 시집 한 권이 제격이다. 너는

여행을 사랑하고 여행만큼 독서를 사랑하는 사람일 테니.
소설을 끔찍이 사랑할지도 모르지만, 잠시만 소설을 사치
라고 믿어버리고, 시와 함께 떠나는 것이 진리라고 믿어
버리자.

여행을 떠나기 전에 시를 먼저 고르자.
시집의 색깔은 중요하지 않다.
그 색을 만드는 건 언제나 바로 너니깐.

• 《발 달린 벌》, 권기만 지음, 문학동네, 2015

"내 눈 속에도 설국의 지도가 그려지고 있다."

권기만의 시 〈설국〉 중에서

누구나 마음속 설국이 있습니다. 그리고 누구나 설국의 지도를 그릴 수 있습니다. 필
요한 것은 마음속 설국을 찾는 일. 그리고 지도를 그릴 용기를 갖는 것 아닐까요?

©sematadesign

셜록 홈즈 박물관
Sherlock Holmes Museum

영국 드라마 〈셜록〉의 주인공 베네딕트 컴버배치 팬이라도, 아서 코난 도일 경의 소설 《셜록 홈즈》 시리즈의 애독자라도, 혹은 둘 다 아니어도 좋습니다. 영국식 건물 안으로 들어가볼 수 있다는 것만으로도 재미납니다.

주소 221b Baker St, Marylebone, London NW1 6XE, UK

시인의 말

전화가 왔다.

연락처를 알고 있었지만 단 한 번도 통화를 해본 적 없는 사람에게 온 전화. 참 이상한 양반이었다. 받을까 말까 망설이다가 그냥 받았다. 한 번도 통화를 해본 적 없는 사람은 내가 무척 낮을 가린다는 사실을 전혀 몰랐을 것이다.

그 양반은 나와 적어도 일주일에 한두 번 통화하는 사이인 것처럼 명랑하고 친근한 목소리로 안부를 물었다. 나는 주섬주섬 아무 말이나 했다. 수화기 주위로 미묘한 어색함이 맴돌았다. 어쩌면 그는 애초에 그런 것에 관심이 없는 사람이었을지도 모른다. 어색함을 무색함으로 만드는 사람. 그 양반은 친근한 목소리로 내 안부를 묻더니 바로 다음 주에 만나자고 했다. 낯을 무척 가리는 나는 그런 경우 대부분 거절을 한다. 불편하면 거절하는 것이 정답이다. 사실, 사람 만나는 걸 좋아하는 타입도 아니다. 특히 너무 친한 척하는 사람은 나와는 다른 부류라고 믿고 산다. 그런 내가 그 양반과 다음 주에 만나기로 했다. 해버렸다. 이유는 잘 모르겠지만.

더운 여름, 잠시 한국에 들렸을 때였다. 방학이었지만 바빴고 일이 많아 한국 체류도 길게 할 수 없었다. 학술대회 참석이 주목적이었고, 두 번의 특강과 두 번의 지방 출장까지 잡혀서 부모님과 편히 저녁 한 끼 먹을 시간도 없었다. 그런데 이유도 잘 모른 채 한 번도 만난 적 없는 그 양반과 덥석 저녁을 먹기로 약속을 한 것이었다.

약속의 날이 왔다.

대구의 한 대학에 방문해 회의를 하고 KTX를 타고 바로 서울로 올라왔다. 피곤했다. 무척 피곤했다. 그 양반과의 약속을 파하고 집에 가서 눕고 싶었다.

서울역에 내렸는데 비가 내리고 있었다. 제법 많은 양이었다. 그 양반은 나를 기다리고 있었다. 비가 주룩주룩 오는 홍대의 단골 국수집에서 나를 기다리고 있었다. 나

—
180

는 홍대가 익숙하지 않았다. 그 젊음, 그 한국스러움이 내게 맞지 않는 옷 같았다. 하지만 그 양반은 그곳을 좋아하는 것 같았다. 젊고 한국적인 양반. 국수집을 찾았고 약속 시간보다 조금 늦은 나는 식당의 문을 조심스럽게 열었다. 스르륵 소리가 나면서 열리는 문이었다. 왼쪽에서 오른쪽으로 밀어 여는 문이었다.

사람들이 많았다. 그 양반 말고 다른 양반들도 있었다. 모두 문을 열고 들어오는 나를 보고 있었다. 모두 아는 사람들이었다. 하지만 한 번도 만난 적 없는 사람들. 내가 가장 어려워하는 부류의 사람들. 이름을 알고, 심지어 얼굴도 알고, 그들이 쓴 글도 어느 정도 읽어보았지만, 만난 적이 없는 사람들. 그저 존재로만 세상에 도움을 주고 있는 사람들. 그 바닥에서 유명한 사람들. 그래서 내겐 어려운 사람들이었다. 자리에 앉자, 그 양반은 마치 지난 주말에도 나를 만났던 것처럼 자연스러운 톤으로 내게 물었다. 어떤 술을 마실 건지. 술을 마실 생각은 전혀 없었다. 피곤했다. 집에 가서 눕고 싶었다. 그런 경우에는 보통 거절을 한다. 불편하면 거절하는 것이 정답이다. 그런데 어쩐 일인지 오답을 말했다. 말해버렸다.

"아무거나 괜찮습니다."

—

군대도 아닌데 그렇게 대답해버렸다. 그리고 그 양반을 따라 2차, 3차까지 동행했다. 민트색 시집도 한 권 받았다. 그 양반은 민트와 전혀 어울리지 않았는데, 그런 색의 시집을 건네며 자신이 쓴 것이라고 했다. 심지어 시집의 첫 장에는 내 이름까지 쓰여 있었다. 그것도 분홍색 꽃 그림과 함께. 그 양반의 사인과 함께.

전시회에 갔다.

출국 바로 전날, 대학로에서 특강이 있었다. 같은 공간에서 문인화 전시회가 있었다. 강의 시작 한 시간쯤 전에 그 장소에 도착했고, 덕분에 문인화를 볼 수 있었다.

대한민국 시인들의 그림과 글을 천천히 감상할 수 있다는 것은 내겐 큰 행복이었다. 유럽에서는 상상도 할 수 없는 호사. 늘 그렇듯 특별히 눈이 가는 작품들이 있었다. 나의 발을 붙잡고 놓지 않는 작품들. 〈하얀 달공작〉, 〈초록달 공작〉 제목도, 그림도, 글도 비범했다. 동화적인 느낌을 주는 작품들을 보면서 작가를 상상했다. 아마도 사람들 앞에서 수줍어서 말도 잘 못하고, 늘 상대에게 조심스럽게 다가가고, 여럿과 어울리는 것보다 조용히 집에서 음악 듣는 것을 좋아하는 작가일 거야. 나는 동화 같은 그림을 그리고, 아름다운 시를 쓰는 조용한 사람을 상상했다. 조용히 세상과 거리를 두고 자연을 사랑하는 사람, 달을 오래 볼 수 있는 사람, 새의 날갯짓에 감동할 수 있는 사람을 상상했다.

나의 예상은 빗나갔다.

〈하얀 달공작〉, 〈초록달 공작〉의 작가는 민트색 시집을 준 그 시인이었다. 며칠 전에 만났던 그 양반이었다. 만난 적 없는 사람에게 전화를 해서 친한 척하는, 만나자마자 무슨 술을 마실 것인지 묻는, 분홍색 꽃을 잘 그리는, 그 양반.

암스테르담에 도착했다.

한국과 슬로베니아 사이에는 직항이 없기 때문에 어딘가를 경유해야 한다. 나는 암스테르담을 좋아한다. 사람들은 다른 좋은 경유지도 많은데, 암스테르담을 고집하는 나를 이상하게 생각하지만 나는 암스테르담이 좋다. 물이 있어서 좋다.

환승 시간에 여유가 있어 암스테르담 시내로 나갔다. 시내를 보기엔 이른 시간이었다. 새벽별이 뜰 시간이었다. 그래서 도시가 더 매력적인 시간.

사람이 없는 새벽 도시는 홀로 걷기가 좋다. 사람 없는

카페 구석에서 모닝커피를 한 잔 시켜놓고 출근하는 사람들을 구경하며 읽는 책은 늘 기억에 남는다.

그 양반이 쓴 민트색 시집을 백팩에 넣었다. 나머지 짐은 코인로커에 맡겨두고, 도심으로 가는 기차에 몸을 실었다. 몸은 피곤했지만 정신은 점점 말똥해졌다. 몸과 마음의 괴리를 즐겼다.

암스테르담 기차역에 여러 차례 가봤지만, 사람이 붐비지 않는 것은 이번이 처음이었다. 거리도 한산하다는 표현으로 부족할 만큼 한산했다. 대단히 특별해진 느낌이었다. 내가 도시의 소유권을 상당 부분 차지한 그런 느낌. 사람도, 차도 없었다. 나를 반기는 것은 자전거들뿐이었다. 보관소의 자전거들만 그대로였다.

너무 이른 시간이어서 문을 연 카페도 보이지 않았다. 사람이 없는 거리를 걷다가 걷다가 아무 벤치에나 앉아 시집을 펼쳤다.

민트색 시집.

어느 날, 내게 전화를 해서 친한 척을 하더니, 처음 만나 3차까지 함께 술을 마시고, 어울리지 않게 아름다운 달 그림을 그려 전시를 했던 그 양반이 쓴 시집.

'시인의 말'이 가장 먼저 나를 기다리고 있었다.

14년 만에 내는 시집인데 140년처럼 먼 것 같다.

마음에 들었다. 그것도 쏙!
시간의 의미를, 세월의 무게를 아는 사람이 쓴 글.
아무도 건너지 않는 다리들이 잘 보이는, 몇 시간 전까지 홍등가였을 거리의 구석 벤치에 앉아 시를 읽기 시작했다.

"우두커니" 겨울의 구석에 서 있거나, "멍하니" 세월을 견뎌낸, 꾸준히 시간의 접점에서 무언가를 보고 느끼고 생각한, 어둠과 밝음이 바뀌는 시간, 밝음이 어둠으로 변하는 시간, 꽃이 폈다가 지는 시간, 계절이 바뀌는 시간. 시간을 허투루 보내지 않는, 항상 그 순간에 서서 지켜볼 줄 아는, 엄마를 보고, 이모를 보고, 꽃과 나무를 보는, 바람과 하늘을 느끼고 종국에는 자신의 삶을 바라보고, 돌아보는, 그것도 아주 깊숙이, 마치 달처럼, 저 위에서 오랫동안 지긋이 바라볼 줄 아는 그런, 140년 정도를 그 자리에 있을 수 있는 그런 양반. 민트 시집 안에는 그런 양반이 들어 있었다. 서울에서 만났던 양반과는 완전히 다른.

비행기 안에서 나는 생각했다.

민트색 시집을 덮었지만 계속 시집을 생각했다. 그리고 그 양반을 생각했다. 지워지지 않고 머릿속을 맴도는 구절이 있었다.

모두가 온 곳으로 돌아가기 위해 지금 모두 지나가는 중.
(권대웅의 시 〈지금은 지나가는 중〉 중에서)

그 양반은 이미 알고 있었던 것 같다.

그 순간, 그 어색했던 통화는, 그 오묘했던 술자리는, 운명적으로 만났던 그림은 모두, 이국적인 곳에서 내가 자신의 시들을 읽기 위해 거쳐야 할 것에 불과했다는 사실을, 또 우리의 삶이라는 것도 결국 지나가는 것에 지나지 않는다는 것을.

결국 인생도, 자신의 시집 제목처럼 《나는 누가 살다 간 여름일까》를 되묻는 과정에 지나지 않는다는 것을.

그 양반은 그랬다. 마치 영겁을 이미 살아본 달과 같았다.

결심했다.

우선 그 양반의 시집을 한 번 더 꼼꼼히 읽고, 혹은 두 서너 번 더 읽고 난 후, 서울에 가서 아무렇지도 않은 척, 그에게 만나자고 전화를 해서 술 한잔 얻어먹고, 술자리에서 달과 시에 관해 이야기해야겠다고. 물론 내가 한 결심은 대부분 지켜지지 않지만.

딱 한 문장이었다. 그 양반을 좋아하게 만드는 데 필요한 것은.

딱 한 문장이었다. 그 양반의 시집을 다시 읽고 싶게 만든 것은.

그 양반이 시인의 말에 썼던 바로 그 딱 한 문장으로 모든 것이 족했다.

14년 만에 내는 시집인데 140년처럼 먼 것 같다.

• 《나는 누가 살다 간 여름일까》, 권대웅 지음, 문학동네, 2017

한
문
장
·

"지나간 그 겨울을 우두커니라고 불렀다."

권대웅의 시 〈삶을 문득이라 불렀다〉 중에서

시간, 세월을 덤덤하게 바라볼 수 있는 사람 앞에 서면 두려움과 경외감을 동시에 느낍니다. 우리는 경험의 가치가 과소평가되는 시대에 살고 있습니다. 그것만큼 과대평가해야 하는 것도 없을 텐데요.

©jeafish Ping

반 고흐 박물관
Van Gogh Museum

이미 가보셨다고요? 그럼, 또 가보세요. 빈센트 반 고흐가 지겹다고요? 그래도 또 가보세요. 지겨울 만큼 봐도 지겹지 않은 그림이 고흐의 그림 아닌가요? 정말 고흐의 그림이 지겹다면 그의 인생을 상상해보세요. 그런 후에도 고흐의 작품이 지겹다면, 그만 보셔도 됩니다.

주소 Museumplein 6, 1071 DJ Amsterdam, Netherlands

CHAPTER —— 04

유럽의 남쪽에서 읽다

PERU LIMA
PORTUGAL LISBON
SPAIN MADRID
MALTA VALLETA

상상보다

상상보다 황홀한

따사로운,

다시, 리마

무려, '리마Lima'다.

내가 다시 찾은 곳은 리마였다.

게다가 '다시' 리마다.

이 표현이 정말 마음에 쏙 든다.

페루의 '리마' 앞에 무려 '다시'라는 부사가 붙다니.

'다시' 리마에 가게 될 줄은 다시 리마를 가기 전까지
는 몰랐다. '꿈에도 몰랐다'는 흔한 표현은 바로 '다시 리
마'에 갔을 때 쓰라고 있는 것일지도 모른다. 일생에 딱 한
번으로도 충분히 과분한 리마에 무려 두 번이나 갔다. 리
마에서 출발한 남아메리카 여행은 리마에서 마무리되었
다. 덕분에 리마 앞에 '다시'라는 부사를 붙일 수 있었다.

—

195

딱 한 권의 책만 남아메리카에 같이 갈 수 있도록 허락했다. 내가 생각하고 있었던, 기대하고 있었던, 상상하고 있었던 남아메리카가 담긴 책. 한 달 이상 남아메리카를 여행하면서 그 책을 세 번 읽었다.

네덜란드 암스테르담에서 페루 리마로 가는 하늘 위에서 한 번 읽었다. 유럽의 끝에서 나의 고향이 있는 동쪽이 아닌, 서쪽으로 날아가는 기분은 특별했다. 지구의 북쪽에서 지구의 남쪽으로 가는 여정은 특별했다.

대서양 위를 비행할 때 봤던 바다 위 햇살은 잊을 수 없었다. 시간과 공간을 동시에 이동하는 기분이었다. 물 위에서 반짝이던 빛은 만져보지 않아도 따뜻하다는 것을 알 수 있었다. 그 순간의 떨림을 아직도 잊지 못하고 있다.

여행을 막 시작하는 설렘.
그 설렘을 긍정적으로 자극하는 그 책을 읽던 기억.

페루에서 마추픽추를 오르기 전 하룻밤을 지낸 작고 아름다운 기찻길 마을 아구아스 칼리엔테스Aguas Calientes의 호스텔에서도 그 책을 읽었다. 아구아스 칼리엔테스는 골짜기 사이에 자리 잡은 마을이라 머무는 동안은 그늘진 시원한 느낌을 받았지만, 마추픽추로 올라가던 날의 햇살은 따가웠다. 입장하기 위해 기다렸던 긴 줄의 일부가 되어 느꼈던 햇살의 따사로움이 마추픽추만큼이나 그리워진다.

다시 돌아온 리마 미라플로레스Miraflores의 한 카페에서 에스프레소를 시키고 그 책을 또 읽었다. 태평양을 보면서, 태평양 너머에 있을 나의 사람들을 그리워하며 읽었던 기억이 아직도 또렷하다.

그날의 햇살도.

창밖은 바닷바람이 불었지만, 카페 안에선 바람 없는 햇살만 눈부셨다.

대서양의 하늘에서 그 책을 읽으면서 남아메리카를 이렇게 상상했다.

열정의 덩어리.

요염의 천국.

유머의 대륙.

그곳은 강렬한 총천연색의 뜨거운 대륙일 거야!

'행복'으로 충만한 땅임이 분명해!

하지만 리마 공항에서 숙소까지 가는 택시 안에서 그

'행복'이라는 상상, '총천연색'의 환상은 싹 다 녹아내렸다. 밖은 총천연색이 아닌, 순전한 잿빛이었다. 거리에는 그저 삶이 있었다. 어디에서나 볼 수 있는 지친 일상들의 모습이 있었다. 사람들이 모여 어딘가로 바쁘게 이동하고 있었다. 그들의 얼굴이 잘 보이지 않았다. 택시가 지나는 거리거리, 골목골목에서 빈과 부의 골이 보였다. 너무 깊어서 도저히 메울 수 없을 것 같은 빈과 부의 골.

리마의 첫 인상은 열정, 요염, 유머 이런 것이 아니었다. 슬픈 치열함, 그 자체였다. 행복과는 거리가 상당히 멀어 보이는. 그들 중 몇몇은 영원히 행복을 잡을 수 없을 것 같아 보였다.

페루를 떠돌던 기간 내내 그 생각은 크게 바뀌지 않았다. 페루의 갈라파고스라고 불리는 파라카스Paracas를 지나, 신비로운 오아시스 마을인 아카치나Huacachina를 지나, 신비롭고 거대한 문양으로 유명한 나즈카Nazca 사막을 지나, 그 책의 저자가 태어난 아레키파Arequipa를 지나, 마추픽추의 관문인 쿠스코Cuzco에 도착할 때까지 대서양 하늘에서 상상한 남아메리카를 만나지 못했다.

동양에서 온 이방인 눈앞에 펼쳐진 페루의 모든 것들은 아름답다는 말로는 부족할 만큼 아름다웠으며, 단 하나의 장면도 놓치고 싶지 않을 만큼 신비로 그득했지만 그 땅의 일상은 지쳐 보였다. 그 땅의 사람들은 힘들어 보였다.

모래 바닥에서 뒹굴며 먼지를 먹는 어린아이들, 바람 빠진 공을 가지고 거친 땅에서 맨발로 축구를 하는 꼬마들, 새벽에 알파카를 끌고 어딘가로 가는 할머니의 지친 뒷모습, 버스 터미널에서 외국인들을 향해 '환전'을 외치는 아저씨들, 광장에서 내게 마사지하라고 속삭이며 따라붙던 아가씨들. 내 눈에는 다들 지쳐 보였다. 몹시 힘들어 보였다.

마추픽추를 오르기 전, 호스텔에서 그 책을 읽으며 고민했다. 내가 작품 속에서 봤던 남아메리카의 열정, 요염함, 유머는 어디에 가면 볼 수 있을까? 그저 문학 속에만 존재하는 '마법' 혹은 '환상' 같은 것일까? 의심도 했다. 이 모든 것이 작가가 만들어낸 인공적인 이야기일 뿐일까? 일상에서 절대 '행복'하지 않기 때문에, 너무 힘들기 때문에 가공해낸 것일까? 그래서 더욱 '에로틱하게 자극적이고, 예술적으로' 만든 것일 뿐인가?

마추픽추를 보고, 볼리비아의 라파즈와 우유니 소금 사막을 지나, 세상에서 가장 긴 칠레를 남북으로 횡단해

산티아고를 지나, 부에노스아이레스를 지나, 이과수에서 국경을 두 번 지나, 파라과이의 아순시온에 도착할 때까지도 아무것도 보이지 않았다.

그 책에서 빛났던 뜨거움, 섹시함, 유머러스함은 다 거짓이었을까?

볼리비아 사막에서 만난 소녀는 한글을 배우고 싶다고 해서 나를 웃음 짓게 만들었지만, 물도 전기도 부족해서 밤에는 아무것도 할 수 없다는 현실은 나를 눈물 나게 만들었다. 아르헨티나 부에노스아이레스는 어마어마한 문학적, 문화적 풍모를 뽐내며 나를 더 오래 머물게 했지만, 떠나던 날 봤던 공항 근처의 어마어마한 빈민촌은 나에게 견디기 힘든 절망을 선사했다. 지붕이 없는 집에서 사는 사람들이 빨래를 널고 있는 모습은 그 어떤 장면보다 깊고 슬픈 인상을 주었다. 파라과이의 수도 아순시온의 대통령 집무실 근처 빈민촌에 삼삼오오 모여 있던 소년들, 분명히 학교에 다닐 연령이었지만 아이들은 물을 긷거나 바람 빠진 공을 차고 있었다. 시청 앞 쓰레기 더미는 그에 비하면 덜 슬펐다.

열정의 덩어리.

요염의 천국.

유머의 대륙.

이것들은 환상일지도 모른다는 생각을 했다.

다시, 리마로 와서 그 책을 다시 펼쳤다. 남아메리카에서만 세 번째 독서.

천천히 읽을 시간이 주어졌다. 리마의 미라플로레스 Miraflores의 한 카페에서 에스프레소를 시켰다. 그 책을 펼쳤고 마음과 시간의 여유가 생겼다. 햇살이 참 좋았다. 창밖에는 바닷바람이 불었지만, 카페 안에선 그 바람 없는 햇살만 느껴졌다. 태평양을 바라보며, 그리운 사람들 그리고 남아프리카에서 만났던 사람들을 다시 떠올렸다.

책장을 넘기자 기분이 좋아졌다. 서울에서 읽었던 때처럼 나는 그 책을 읽으며 웃을 수 있었다. 지구의 남쪽 낯선 땅의 작은 커피숍에서 키득거리기 시작했다. 뭔가 살짝 알 것 같은 기분도 들었다. 어쩌면 그건 그저 기분이었을지도 모르겠다. 다만, 뭔가 하나씩 스쳐 지나가는 것만은 분명했다.

나는 "온갖 종류의 편견을 가지고 있(47쪽)"었을지도.

보통의 에로티시즘이 음침하고 잔인하지만 그 책의 그것은 밝고 우아한 것처럼, 남아메리카의 가난은 보통의 그것과 달리 음침하고 잔인한 대신 밝고 우아했을 수도 있는데. 다만, 그것을 내가 발견하지 못했을지도 모르는데.

섹스만 다루는 에로티시즘이 무가치한 것처럼, 남아메리카 사람들을 자본의 눈으로만 본 나의 관점이 무가치했을지도 모른다는 생각에 이르렀다.

페루의 가난한 사람들은 일과를 마치고, 행복한 마음으로 '친구들'과 어딘가로 가고 있었는데, 그들의 표정을 제대로 보지 못한 내가 그것을 일상의 고됨으로 해석했을지도 모른다. 파라과이 소년들은 학교에는 가지 못했지만, '축구공' 하나로 온전히 행복을 느꼈을지도 모를 일이다. 아르헨티나의 빈민촌에 지붕은 없었지만 '햇볕'이 있었고, 볼리비아의 소녀는 전기 대신 학구열이 있었고, 새벽을 여는 할머니는 추위를 이길 알파카의 포근함을 가지고 있었고. 그들은 그렇게 다들 각자의 무언가가 있었는데.

나는 태평양의 햇살 아래서 그런 생각들을 했다. 어쩌면 내가 본 모든 것들은 껍질일지도 모른다는. 어쩌면 내가 생각한 모든 것들이 껍질일지도 모른다는.

햇살이 사라지고 바다가 더 차가워질 무렵, 역시 바다가 잘 보이는 라르코마르 쇼핑몰 서점에서 읽을 수 없는 책들을 만지작거렸다. 거기서 그 책의 저자도 만났다.

　마음만 먹으면 바꿀 수 있을지도 모른다. 어쩌면 내가
만난 사람들은 "마치 더할 나위 없이 즐거운 장난을 하는
것처럼(233쪽)" 마법과 같은 능력으로 자신의 생을 행복
으로 만들고 있었을지도 모른다.

　내가 그들의 행복과 열정과 요염과 유머에 대해 정의
내릴 자격이 있을까?
　행복도, 열정도, 요염도, 유머도 그들의 마음에서 출
발한다. 삶을 조금 다르게 생각한다면, 어쩌면 더 행복해
질지도 모르고, 더 열정적이 될 수도 있으며, 사람들이 더
요염하게 느껴지고, 더 쉽게 웃고, 웃길 수 있을지도 모른
다. 스쳐가는 바람이 그것을 정의할 순 없다.

　리마를 떠나 유럽으로 돌아가는 날도 햇살이 좋았다.
공항으로 달리는 도로 위에서 택시드라이버가 말했다.

　"다시 오게 될 겁니다."

　그의 말이 진심 같아서 나 역시 긍정의 의미로 웃으며

고개를 끄덕였다. 그 여름, 남아메리카에서의 여행도 독서도 그렇게 끝났다.

나는 아직도 남아메리카의 열정, 요염, 유머를 동경한다. 하지만 더 이상 아무것도 정의하거나 평가하고 싶진 않다. 그냥 열정, 요염, 유머를 그대로 동경하고 싶다. 그대로 찬양하고 싶다.

참, 남아메리카에서 세 번, 스페인 마드리드에서 한 번 읽었던 그 책은 마리오 바르가스 요사의《새엄마 찬양》이다. 페루 택시드라이버의 말처럼 다시, 리마에 갈 수 있다면, 다시《새엄마 찬양》을 들고 갈 참이다. 그럼, 무언가 더 잘 볼 수 있을 것 같다.

• 《새엄마 찬양》, 마리오 바르가스 요사 지음, 송병선 옮김, 문학동네, 2010

한
문
장
·

"난 사랑과 관련된 것에는
온갖 종류의 편견을 가지고 있어."

사랑하면 편견이 생깁니다. 사랑이 충만하면 온갖 종류의 편견이 생기기 마련입니다. 누군가를, 무언가를 삐뚤어지게 보고 있다면, 그건 어쩌면 사랑의 시작일지도 모릅니다. 삐뚤어지는 것을 두려워하지 마세요.

—

©Sergio TB

케네디 공원
Kennedy Park

리마 미라플로레스 지역의 케네디 공원은 '고양이 천국'으로 불립니다. 도심에 위치한 이 작은 공원에 가면 적어도 고양이 100마리는 만날 수 있습니다. 공원의 고양이들이 열정이 넘치고, 요염하며, 유머가 있다는 것은 공공연한 비밀입니다.

주소 Diagonal, Miraflores 15074, Peru

광장의 달콤함

리스본 지하철 아벤니다역에서 내려 구글 지도가 안내하는 대로 걸었다. 구글 지도는 밝은 대로를 멀리하고, 어두운 골목으로 나를 인도했다. 어두웠지만 그 안으로 빨려 들어가는 기분이 나쁘지 않았다. 평지가 사라지고 오르막길이 나왔다. 유럽에서는 흔치 않은 오르막이라 조금 놀랐지만, 가파른 오르막 앞에서 숨을 한 번 고르고 발을 내딛었다. 내 몸이 문제가 아니라 여행 가방이 문제였다. 숨이 찼지만 오르는 기분은 괜찮았다. 밤바람이 마음에 들었다. '알레그리아 플라자 Plaza Alegria'를 지나 5분 정도 더 오르자 숙소가 보였다. 비행에 지쳐 쉬고 싶었을 무렵이었다. '알레그리아'는 포르투갈어로 '기쁨', '환락'이라는 의미인데, 여행의 설렘이라는 '기쁨'을 지나니 숙소라는 '쉼'이 보였다.

환락 뒤에 필요한 것은 쉼 혹은 멈춤.

호텔 이름은 '식물학자Botanico'라고 했는데 식물도, 학자도 전혀 보이지도, 느껴지지도 않는 그냥 딱딱한 느낌의 회색 건물이었다. 포르투갈어에 능통하지 않아 내가알 수 없는 심오한 뜻이 더 있을지도 모르겠지만, 의미 파악과 무관하게 호텔 이름은 마음에 들었다. 자의적으로해석하기 좋은 명명. 회색으로 만든 식물학자라는 호텔.

언덕 위 '식물학자'에서 일주일간 묵었다. 매일 적어도한 번, 때로는 두세 번 언덕을 오르고 내렸다. 어둠 안팎을들락거렸고, 언덕 앞에서 여러 번 숨을 몰아쉬었다. '식물학자'는 매번 과하지 않은 적당한 평온을 주었다.

리스본에 살고 있는 친구를 만나기 위해 '식물학자'와잠시 헤어져 언덕에서 내려왔다. 약속 장소는 시내 로시우 광장Rossio Square이었는데, 약속 시간보다 한참 일찍 나와 광장 주변을 홀로 걸었다.

로시우 광장 주변의 리스본 시내는 익숙하면서도, 특별했다. 익숙한 프랜차이즈 카페나 식당의 맛있는 신 메

뉴처럼, 내가 굳이 여기 왜 왔지 싶다가, 새롭지만 놀라운 맛을 보고 오, 역시 여기가 유명할 만해! 맛있어, 라고 즉각 감탄할 만한 그런 익숙함, 특별함을 리스본은 가지고 있었다.

유럽의 여느 유명 관광지처럼 여러 나라에서 온 관광객들이 카메라를 들고 삼삼오오 다니는 모습, 세계 어디에서나 대도시라면 볼 수 있는 익숙한 이름의 상호들, 낭만적으로 보이지만 실제로는 교통 체증의 원인이 될 게 뻔한 천천히 움직이는 낭만적인 전차는 익숙했다.

리프트를 타고 오를 수 있는 페르난도 페소아Fernando Pessoa의 흔적이 있는 언덕과 맞은편에 멀리 보이는 아름다운 성곽들, 광장에서 그리 멀지 않은 대서양, 반질반질한 타일이 깔린 아기자기한 인도는 특별했다.

그날 저녁, 언덕은 오르지 않았다. 그저 멀리서 눈으로만 봤다. 하지만 바다는 직접 봤다. 이베리아 반도 끝까지 걸어가서 대서양의 바다 냄새를 코로 직접 느꼈다. 생각보다 짠 기운이 느껴지지 않아 조금 시시했지만 그래도 특별했다. 차 없는 아우구스타 거리Rua Augusta를 관광객들과 함께 걸으며 가끔 몸을 숙여 손으로 바다의 타일을 만져보기도 했다. 아무도 내게 관심을 갖지 않았다.

부드럽고 달콤했다.

거리의 촉감도, 바다 냄새도, 언덕에서 불어오는 바람도.

너무 일찍 '식물학자'와 헤어진 탓에, 시내를 한 바퀴 다 돌았는데도 시간이 꽤 남았다. 약속 장소인 로시우 광장에 앉아 친구를 기다리며 책을 읽으려고 킨들을 꺼냈다. 이미 광장 여기저기에는 사람들이 앉아 있었다. 지나가는 사람들도 많았지만, 나처럼 누군가를 기다리는 사람들도 많은 것 같았다. 핸드폰을 보면서 서성이는 사람들이 꽤 보였다. 그 기다림 속에서 기다림을 하나 더 보냈다. 홀로 혹은 두 명이서 누군가를 기다리는 무리가 꽤 있었다. 기다림의 지루함은 익숙함의 편함으로 극복하는 것이 최상이다. 킨들의 전원을 누르자 흑백 글씨가 떠올랐다. 새 책을 살 여력은 없었고, 자주 읽던 소설을 다시 펼쳤다.

소설《캔디; 사랑과 중독의 이야기Candy; A Novel of Love and Addiction》는 제목처럼 '달콤한' 사랑과 중독에 관한 이야기다. 작가 루크 데이비스는 호주 출생인데, 실제 자신의 경험을 바탕으로 이 소설을 썼다. 배경은 시드니와 멜버른. 한국 소설에서는 읽을 수 없는 특별한 분위기가 나는 작품이다. 소재, 배경 모두. 리스본에서 읽는 시드니 이야기. 이국에서 이국을 상상하는 일은 늘 즐겁다.

나는 이 작품의 몇몇 장면을 각별히 좋아한다. 그중 하나가 마약을 시작한 지 얼마 안 된 캔디가 과잉 투여 overdose로 심각한 위험에 처하고, 이를 캔디의 연인인 '나' 가 극복하는 장면이다. 하마터면 연인을 잃을 뻔했던 순간에 '나'는 캔디와의 진정한 사랑을 깨닫는다. 그 '캔디' 가 연인을 의미하든, 마약을 의미하든, '나'는 깨닫는다. 그 장면에서 나는 때로는 독이 약이 될 수 있다고 믿었다. 죽음이 사랑을 일깨워줄 수 있듯, 극단적인 해악이 긍정적인 깨달음을 줄 수 있다고 믿었다. 그리고 두 사람이 보헤미안처럼 사랑을 나누는 모습을 부러워하기도 했다. 부모가 원하는 길, 사회가 원하는 길, 이성적으로 스스로가 원하는 길이 아닌 가고 싶은 길로 걸어가는 모습이 좋아 보이기까지 했다. 그리고 어김없이 다시 젊어질 수만 있다면, 이라고 아쉬워했다. 막상 젊어진다고 해도 내게 그럴 용기가 생기지 않을 거라는 사실을 알고 있기 때문이었다.

바로 그 장면을 읽고 있을 때였다.

'과잉 투여'로 캔디는 정신을 잃고, '나'는 캔디를 살리기 위해 전설로 내려오는 소금물 비법을 쓴다. 연인의 정신을 돌려놓기 위해 그녀에게 소금물을 투여한다. 자신도 반신반의하면서. 자신도 온전히 제 정신이 아닌 상태로. 그 장면을 읽을 때면 나도 모르게 정신이 몽롱해진다. 캔디가 '나'와 정신적으로 이해를 하는 장면이다. 그리고 둘은 어둠의 골목으로 들어선다. 오르막으로 함께 오르는 것이다. 그 시작의 순간, 누군가가 말을 걸었다.

"필요한 거 없어?"

처음 들어보는 익숙하지 않은 독특한 발음이었지만, 분명히 영어였다. 하지만 나는 이해할 수 없었다. 필요한 거 없냐는 의문문을 이해 못 한 게 아니고, 왜 이 낯선 서양인이 내게 필요한 것이 없는지 묻는 상황이 이해되지 않았다. 내가 멍한 표정을 짓고 있자 그는 다시 말했다.

"나는 다 가지고 있어."

역시 영어였지만 이해할 수 없었다. 그가 다 가지고 있다는 평서문을 이해 못 한 게 아니고, 왜 낯선 동양인에게 자신의 부를 자랑하는지 이해할 수 없었다. 내가 다시 멍한 표정을 짓자 그는 다시 말했다.

"필요하면 말해."

그리고 작은 알약들을 슬쩍 보여줬다. 약. 그에겐 내가 마약이 필요해 보였던 것. 그는 모든 종류의 약을 갖고 있었던 것. 그런 것이었다. 잠시 그 모든 종류가 궁금했다. 아프리카에서도, 남아메리카에서도, 심지어 네덜란드에서도 겪어본 적 없던, 그래서 상상조차 해보지 못한 상황이 눈앞에서 펼쳐지고 있었다. 상대의 눈을 피하고 고개를 좌우로 흔들자 그는 나와 거리를 두었다. 아마도 무서웠던 것 같다. 태연하게 다시 책을 읽고 싶었지만, 여러 가지 생각이 맴돌았다. 친구가 어서 왔으면 싶었다.

소설에서 아무렇지도 않게 등장했던 마약, 심지어 작품을 읽을 때는 궁금증을 잔뜩 유발했던 그것이 눈앞에 나타나자 표현할 수 없는 기분이 들었다. 사랑을 만들어주는 촉매 정도로 여겼던 약을 낯선 이의 손 위에서 보게된 사실 자체가 비현실적이었다. 어쩌면 저 사람도 살기 위해, 어쩌면 숭고한 사랑을 위해 거리로 나섰을지도 모른다는 생각이 들었다. 무서움과 애처로움의 감정이 동시에 일어났지만, 무서움이 조금 더 컸다.

다른 이가 내게 다가왔다. 그리고 뭔가를 소리 없이 보여줬다. 또 알약이었다. 알약의 이름을 말하는 것 같았지만, 이해할 수 없었다. 두 번째 남자는 내 옆자리에 앉아 알아들을 수 없는 말로 설명했다. 아마도 스페인어였던 것 같다. 내가 자리를 피하자, 그도 알약을 주머니에 넣고 어둠 속으로 사라졌다.

부드럽고 달콤했다.

거리의 촉감도, 바다 냄새도, 언덕에서 불어오는 바람도.

여전히 관광객들은 즐겁게 리스본의 야경을 찍었고, 혹은 야경을 배경으로 자신들을 찍었다. 전차는 낭만적으로 천천히 도심을 맴돌았다. 성곽과 언덕은 광장 주변을 아름답게 장식했다. 돔 페드로 4세 동상은 로시우 광장 검은 하늘 위에 우뚝 서 있었다. 도나 마리아 2세 국립극장D. Maria II National Theatre도, 화려한 조명도 그대로였다. 누군가를 기다리는 사람들도 여전히 많았다. 핸드폰을 보면서 서성이는 사람들. 다 그대로였다. 그래서 기분이 더 묘

—

217

했다.

리스본의 숙소로 가는 길이 밝음에서 어둠으로 들어서는 느낌이라면 광장은 밝음과 어둠이 뒤섞여 공존하고 있었다. 가장 개방된 광장에서 가장 감춰야 할 것을 팔고 있다는 것이 나를 불안하게 했다.

멀리서 웃으며 걸어오는 친구가 보였다. 반갑게 인사를 나누고 맥주를 마셨다. 함께했던 여행 이야기, 이제 지나간, 또 다가올 문학에 관한 이야기들을 나눴다. 광장에서 만난 약 파는 청년들 이야기도 잠시 했다. 대수롭지 않게 넘어갔다. 어쩌면 여행과 문학은 우리의 삶이고, 광장의 약은 우리의 삶이 아니어서 그랬던 건지도 모르겠다. 그렇게 친구를 보낸 리스본의 밤은 아름다웠다. 긴 수다를 마치고, 다시 언덕을 오를 시간이 되었다.

어두운 골목 안으로 걸어 들어갔다. 가파른 오르막 앞에서 숨을 한 번 고르고 발을 내딛었다. 밤바람이 불었다. 기쁨의 '알레그리아 플라자'를 더 올랐다. '식물학자'에 도착해 침대에 누웠을 때, 친구와의 즐거웠던 수다보다 그들의 약이 먼저 생각났다. 그들이 팔고 있던 광장의 '달콤함' 때문에 조금 슬픈 밤이 찾아왔다.

그들이 쉬었으면 했다. 그들에게는 환락이 있었을 테니 이제 좀 쉬었으면. 그리고 혹시 그들 주변에 사람들이 있다면, 죽음의 문턱에서가 아닌 일상에서 사랑을 깨달았으면 한다. 소금물 없이.

• 《Candy》, Luke Davies 지음, Vintage Digital, 2011

한
문
장
·

"네가 원하지 않을 때는 멈출 수 있지만
정작 네가 멈추길 원할 땐 그럴 수 없어."

When you can stop you don't want to,
and when you want to stop, you can't...

때로는 멈춤이 미학이고, 행복이고, 현명함이라는 사실을 잊고 살 때가 많습니다.
돌아보세요, 지금. 당신이 겪고 있는 유혹을 멈출 수 있는지, 혹은 없는지.

한
장
소
·

레르 데바가르
Ler Devagar

©Zabotnova Inna

책을 좋아하는 사람이라면 싫어할 수 없는 특별한 분위기의 서점입니다. 창고형 서점이라고 하면 믿으시겠습니까? 서점에서 맥주를 마실 수 있다면 믿으시겠습니까? 서점 자체로도 매력적이지만 서점 주변도 그만큼 매력적입니다.

주소 R. Rodrigues de Faria 103 – G 0.3, 1300–501 Lisboa, Portugal

—
221

태양 아래
첫사랑

한국에서 제자가 메시지를 보
냈다. 아름다운 책 표지 그리고 저자와 다정하게 찍은 사
진과 함께.

*이 작가분을 아시나요? 오늘 서로책방에 사인회가 있어서
다녀왔는데 슬로베니아 작가라고 하셔서 선생님 생각이 났어
요. 움직씨 출판사라고 퀴어 문학 다루는 출판사에서 나온 도
서예요! 동화책인데 또래에게 말하는 버전(반말)과 어른이에게
말하는 버전(존댓말)이 있어요.*

사진 속 두 사람은 은은히 웃고 있었다. 그의 글을 단
한 문장도 읽지 않았지만 작가가 궁금했다. 제자의 추천

그리고 작가의 온화한 미소가 함께 만든 기대.

브라네 모제티치.

브라네는 슬로베니아에서 태어났다. 지금 내가 일하고 있는 류블랴나 대학교에서 비교문학과 문학이론을 공부했다. 시인이며, 소설가이고, 번역가이자 편집자이다. 그리고 LGBT^{Lesbian, gay, bisexual and transgendered}운동가로도 유명하다. 그의 작품은 여러 나라에 소개되었고, 운동가로도 그는 활발한 활동을 하고 있다. 그가 쓴 《무기의 땅 아이들》은 한국에서도 출간되었다.

작가의 이력을 알고 나자 그의 《첫사랑》이 더욱 궁금해졌다.
그의 첫사랑은 어떤 것일까?

《첫사랑》은 슬픈 '첫사랑'에 관한 이야기다.
아름다운 삽화가 있는 동화다.

시골에서 할머니와 함께 살던 '나'는 여섯 살이 되는 해, 도시로 이사를 한다. 새로운 도시, 새로운 유치원에 적

응이 힘든 '나'는 한동안 친구도 없이 외롭게 지내다가 아파트 옆 동에 사는 '드레이크'라는 친구를 만난다. 드레이크는 또래보다 덩치도 크고 힘도 센 남자 아이다. 드레이크와 어울려 다닌 후로, '나'를 괴롭혔던 아이들도 사라진다. '나'와 드레이크는 단짝이 되어 늘 함께 지낸다.

그러던 어느 날, '나'는 단짝 드레이크 앞에서 평소에 좋아하던 가수의 공연을 보여주기로 결심한다.

빨간 스카프를 몸에 두르고,

뾰족구두를 신은 것처럼 발끝으로 서서

엉덩이를 살짝살짝 흔들며 높은 목소리로

'나'는 브라운관을 통해 본 아름다운 퍼포먼스를 친구 앞에서 재현한다. 드레이크 앞에서 노래를 하고 춤을 춘다. 우연히 그 모습을 본 유치원 선생님이 두 아이를 심하게 혼낸다. '나'는 무언가 잘못되었다는 것을 느끼지만, 그 '잘못'이 정확히 뭔지는 깨닫지 못한다.

그렇게 혼난 후에도 두 아이는 평소와 같이 유치원 안팎에서 사이좋게 지낸다. 유치원 낮잠 시간에는 나란히 누워 자고, 산책 시간에는 두 손을 꼭 잡고 다닌다.

어느 겨울, '나'는 심한 감기로 일주일간 유치원에 가지 못한다. 건강이 회복되어 다시 유치원에 돌아가자 절친 드레이크는 반가움에 한껏 '나'를 반긴다.

반가움에 들뜬 드레이크는 달려와서
나를 꼭 안아주며 뺨에 뽀뽀했어요.

꼭 안아주며 뺨에 뽀뽀를 했는데, 그저 반가움을 표현한 것일 뿐인데, 그게 문제가 된다. 유치원 선생님은 다시 두 아이를 크게 혼낸다. '나'는 다시 한 번 무언가를 잘못했다고 느끼지만, 역시 그 '무언가'가 무엇인지는 정확히 깨닫지 못한다.

그 후로 '나'와 드레이크는 유치원에서 나란히 누워 낮잠을 잘 수도 없고, 두 손을 잡고 다닐 수도 없고, 소곤소곤 서로의 귀에 다정한 이야기도 할 수 없게 된다.

결국, 그 일이 있은 후 드레이크는 이사를 간다. 그리고 드레이크가 떠나던 날, 나는 깨닫게 된다.

나는 그 애를 사랑했어요.
그 애도 아마 그랬을 거예요.

《첫사랑》은 슬픈 '첫사랑'에 관한 이야기다. 두 남자

아이의 첫사랑에 관한 이야기이다. 이 짧지만 슬픈 이야기를 읽고 나서 떠오른 곳이 있다.

그 여름, 마드리드.

지난 여름, 학술대회 참석을 위해 마드리드에 간 김에 그곳 책방 산책을 했다. 책방 산책에는 별도의 목적도 어떤 기준도 없었고, 책방 선정에도 큰 어려움이 없었다. 그저 신뢰하는 잡지가 추천한 마드리드의 서점들과 개인적으로 가보고 싶었던 서점이 추가된 정도였다. 여섯 개 정도의 책방을 둘러봤는데, 각각의 개성이 달라 구경하는 맛이 있었다.

책방 리스트에는 '아 푼토ᴬ Punto'라는 요리책 전문 서점도 포함되어 있었다. '아 푼토'는 아담하고 예쁜 서점이었지만, 요리책 전문 서점인만큼 지하에는 요리를 할 수 있는 공간도 마련되어 있었다. 상냥한 직원에게 내가 한국에서 왔고, '아 푼토'가 한국 잡지에도 소개되었다고 했더니 무척 기뻐했다. 책에 관한 소소한 잡담을 좀 하다가 잡지사의 홈페이지를 알려주고, 즐거운 마음으로 '아 푼토'를 빠져나왔다. 그런데 그 옆에 또 하나의 작은 서점이 있었다. 책방 리스트에는 포함되어 있지 않은 '베르카나

Berkana'라는 이름의 작은 서점이었다. 그 서점은 무지개 깃발을 달고 있었다. 다시 보니 '아 푼토'에도 무지개 깃발이 달려 있었다. 고개를 돌려 골목을 둘러보니 오르탈레사 거리Calle de Hortaleza는 곳곳이 무지갯빛이었다. 그리고 그 깃발을 허리와 어깨에 두른 사람들이 행복한 표정으로 거리를 누비고 있었다. 골목골목을 수놓은 무지개들, 무지갯빛을 좋아하고, 이해하는 사람들로 가득 채워진 거리가 보기 좋았다. 부럽기도 했다. 예쁘기도 했다. 그 주변에서 무지개를 보고 화를 내거나 욕하는 사람은 없었다. 그 거리에서 사람들은 사랑을 그저 사랑으로만 믿을지도 모른다는 생각을 했다.

사랑의 필요충분조건은 오직 마음.

그렇게 서점들과 무지개들을 보고 느끼며 솔 광장까지 걸었다. 오후 6시가 넘었지만, 솔 광장은 '태양의 대문' 답게 햇볕이 뜨거웠다. 유럽의 도시 광장들은 대동소이하다고 생각해서 큰 기대를 하지 않았는데, 그 여름의 솔 광장은 조금 달랐다. 광장 한가운데 천막이 있었다. 허름하고 볼품없는 천막이었다. 그리고 사람들은 힘겨운 표정으로 그 천막 안에서 햇볕을 피하고 있었다. 천막에는 무지

개 깃발이 걸려 있었지만, 쭉 늘어진 것이 볼품이 없었다. 주변에는 여러 나라의 말로 응원의 메시지가 많이 붙어 있었다. 하지만 응원들도 더위에 지쳐 보였다. 목이 쉰 자들의 응원가처럼 힘겹게 느껴졌다.

THIS SPACE IS FOR EVERYONE.
(이곳은 모두의 것입니다.)

호소문이 보였다.

연유는 자세히 모르겠지만 그 글은 남성 우월주의를 비판하고 성 정체성, 인종, 직업, 국적, 종교 등에 상관없이 모두가 합당한 대우를 받아야 한다는 내용의 글이었다. 세상의 다양성을 존중해야 한다는 글 너머로 천막 안에 있던 사람들의 천편일률적인 지친 표정이 보였다. 솔 광장의 무지갯빛은 보이지 않았다. 광장의 뜨거웠던 볕은 눈부시지 않았고, 그저 뜨겁게만 느껴졌다.

아름다운 무지개와 뜨거운 햇볕의 공존.

브라네 모제티치의 《첫사랑》을 읽고 나는 스페인 마드리드의 무지개와 해를 생각했다. 우리는 조금씩 다르고, 그래서 조금씩 다른 방식으로 사랑하고, 조금씩 다른 방식으로 살아갈 뿐이다. 누군가의 첫사랑이 지켜질 수 있는, 광장의 천막이 사라질 수 있는, 심지어 무지갯빛 깃발이 더 이상 큰 의미를 갖지 않을 날을 그리고 그런 날들이 일상이 될 세상을 상상한다.

• 《첫사랑》, 브라네 모제티치 지음, 박지니 옮김, 움직씨, 2018

"우리는 멀찍이서 서로를 바라보기만 했습니다.
슬픈 눈으로요."

두 아이는 서로 사랑했지만 "같이 있을 수 없게" 되었고, "짝꿍이 될 수도 없고",
"둘이서만 속닥일 수도 없게" 되었습니다. 두 아이가 어른이 된 후에는 달라질까
요? 두 남자는 같이 있을 수 있고, 짝꿍이 되어 속닥일 수 있을까요?

—

한
장
소
•

©ItzaVU

국립 소피아 왕비 예술센터
Museo Nacional Centro de Arte Reina Sofía

아름다움을 한껏 즐기다 다리가 아프거나 힘이 들면, 1층 정원으로 나가 빈 벤치에 앉아 두 눈을 감아보세요. 그러면 방금 전에 봤던 그림들이 머릿속으로 흘러가고, 햇살의 알알이 고스란히 느껴집니다.

주소 Calle de Santa Isabel, 52, 28012 Madrid

로어 바라카
정원에서 읽을
피와 땀의 노래

무모한 사람을 좋아한다. 오해
가 생길 소지가 있음에도, 그냥 자기 말을 하는 사람 말이
다. 오독의 여지가 분명함에도, 쓰고 싶은 말을 쓰는 사람
말이다. 읽을 때는 갖가지 불편함이 느껴지지만, 돌아서면
그것이 공감이 되는 글을 쓸 수 있는 사람. 그 글이 '시'라
면 더 멋질 것 같다. 스스로 보헤미안이라고 생각하지 않
지만, 실제로도 늘 한 곳을 묵묵히 지키는 스타일이지만,
보헤미안이라는 표현 말고는 설명할 방법이 없는 그냥 자
유, 그 자체인 사람이 있다면, 그 사람의 시를 읽고 싶다.
더불어 아름다운 곳에서 읽으면 더 좋을 것 같다.

유럽의 숨은 보석과 같은 곳에서 불편하지만 피와 땀

이 느껴지는 시를 읽고 싶다.

아무도 숨겨둔 적이 없는데 사람들이 '숨은 보석'이라고 부르는 '몰타'라는 나라가 있다. 인구가 40만이 조금 넘는 그야말로 귀여운 나라이다. 강화도보다 조금 큰 정도가 될 것 같다. 사람들은 영어를 쓰고, 통화는 유로를 쓰니. 정말 여행자들에게는 천국일 것 같은 그곳. '발레타'라는 곳이 '숨은 보석'의 수도인데, 아직까지 내 주변에서 발레타를 가봤다는 사람을 만난 적이 없다. 심지어 대부분의 사람들은 발레타가 몰타의 수도인지도 모른다. 몰타라는 나라를 모르는 유럽 사람도 많다. 수도답지 않게, 혹은 몰타의 수도답게 발레타의 인구는 만 명이 되지 않는다. 그저 시골이다. 한국 사람들 눈에는 딱 시골.

보석처럼 빛나지만 사람들에게 잘 알려지지 않은 나라. 불편한 시가 어울리는 아름다운 나라.

몰타는 이탈리아 남부에 위치한 지중해의 섬나라. 시칠리아 섬에서 90킬로미터 정도 가면 만날 수 있는 곳이다. 아프리카 땅에서도 멀지 않다. 아프리카 북단에서는 200킬로미터 남짓 떨어져 있다. 유럽과 아프리카를 동시에 경험할 수 있는 곳으로, 이곳은 최고의 신혼 여행지 중 하나라고 하니 낭만도 가득하고, 사랑도 넘치는 곳임이 분명하다.

남부 이탈리아에 가본 사람이라면 상상할 수 있을 것이다. 몰타에서 당신을 기다리고 있을 그 찬란한 햇빛을. 그 햇빛 속에 아름다운 몰타가 숨어 있다. 아름다움만으로 몰타를 다 설명할 순 없다. 몰타가 더욱 특별한 까닭은 자연이 준 아름다움을 고스란히 간직하고 있기 때문이기도 하지만, 유럽 땅에서는 보기 어려운 문화적인 특별함이 있기 때문이기도 하다. 몰타는 그 작은 영토에 유럽, 아프리카, 아랍 문화를 다 품고 있다. 대부분의 몰타 사람들은 성당을 다니지만, 여기저기에 아랍 문화의 흔적이 남아 있다. 대부분의 사람들은 영어에 능통하지만, 본디 자국어이자 현재는 영어와 함께 공용어인 몰타어는 아프리카아시아어족에 속한다. 이곳은 이질적인 두 나라의 말을 동시에 쓰는 나라이다. 몰타어로 질문하면, 영어로 대답하는 사람들의 표정을 상상해보게 된다.

역사적으로 이탈리아와 스페인의 영향 아래에 있었지만, 현재는 유럽에서 유일한 영국 연방 회원국이다. 이탈리아와 스페인과 영국이 공존하는 지중해의 섬나라. 이런 역사적 배경을 듣고 이런 상상을 했다. 중국과 일본의 영향을 받았는데, 현재는 말레이시아에 속한 한국.

이곳은 나라 전체가 유적지라고 할 정도로 곳곳에 역사의 흔적들이 잘 남아 있고 수영, 다이빙, 서핑을 좋아하는 해양 스포츠 애호가들에게도 사랑받는 곳이다. 해양 스포츠가 가능한 경주, 레저 스포츠가 가능한 공주를 상상해본다. 휴양지로서의 강점뿐만 아니라 여행의 소소한 행복을 주는 몰타만의 매력도 부족하지 않다.

몰타에 가면, 건물과 건물을 연결한 초록색 다리 위에서 재즈 공연을 즐길 수도 있다.

몰타에 가면, 파란 바다와 황금빛 건물들 그리고 파란 하늘을 한눈에 볼 수 있다.

몰타에 가면, 유럽의 샌프란시스코라고 불리는 오르막과 내리막길을 볼 수 있다.

몰타에 가면, 골목골목에서 다정한 듯, 무심한 고양이들을 많이 볼 수 있다.

몰타에 가면, 유럽에서 팔리는 모든 플레이 모빌을 만드는 공장도 있다.

몰타에 가면, 다이빙하는 유튜브 스타 강아지도 만날 수 있다.

몰타에 가면, 뽀빠이는 없지만 뽀빠이 마을이 있다.

그런 몰타의 오후는 극단적으로 환상적이다. 정오부터 오후 4시까지 이어지는 긴 시에스타를 마치고 난 뒤 몸은 개운하고 활기는 세포 곳곳으로 퍼진다. 지중해가 보이는 테라스에 앉아 주문한 요리를 보고 있으면, 입보다 눈이 먼저 군침을 흘린다. 바다를 배경으로 먹는 토끼 요리 '페넥Fenek'은 몰타만의 맛을 선사한다. 해산물의 신선함을 능가하는 구운 육고기의 식감과 소스의 풍미는 일품이다. 한입 물면, 바싹한 식감과 육즙과 함께 마늘 향이 혀를 미소 짓게 한다. 바다처럼 깊은 맛. 코발트 빛 바다 위에서 천천히 지는 태양은 이렇게 말한다. 내가 지는 것을 봐 달라고. 나는 천천히 점점 더 아름다운 모습으로 저편으로 넘어갈 테니 한껏 즐기라고. 다시는 일몰이 오지 않을 듯 나를 유혹한다. 거리로부터 들려오는 톤 높은 음성들은 귀의 호기심을 자극한다. 몸은 생기로 차 있고, 혀는 웃으며, 눈은 유혹당하고, 귀는 궁금한 것이 많아진다.

그리고 무엇보다 완벽한 바람이 분다. 피부로 느껴져 기억에 각인되는 그 바람이 그 분위기를 고스란히 기억으로 치환한다.

—
239

그렇다.

몰타에 가면 그렇다.

하지만 나는 몰타에 아직 가보지 못했다.

다만, 그곳으로 가길 꿈꾼다. 어쩌면 그곳은 내가 유럽에서 가장 가기 어려운 곳 중 하나일지도 모른다. 나의 여행 대부분이 일과 연관되어 있기 때문이다. 학술대회나 특강 초빙을 핑계로 유럽의 여러 나라를 돌아다녔고, 아마 앞으로도 그럴 것이다. 아직까진 몰타에서 한국학이나 문학 관련 학술대회가 있다는 이야기를 들어본 적이 없다. 그래서 몰타에 더 가보고 싶다. 몰타에 간다는 말은 정말 온전히 쉬기 위해 간다는 의미이다.

그런 의미로 언젠가 발레타의 로어 바라카Lower Barrakka 정원에 가보고 싶다. 몰타 사람들이 멈춰 쉬는 곳에 가서 함께 쉬고 싶다. 바라카 정원은 위쪽과 아래쪽으로 나뉘어 있는데, 보통 사람이 적은 아래쪽 공원이 현지인들이 더 많이 찾는 곳이라고 한다. 바다가 보이고, 푸른 나무들이 보이고, 그리스식 건물이 보인다고 한다. 거기서 시간을 흘러 보내고 싶다. 낮은 정원, 로어 바라카 정원의 벤치에 앉아 무언가를 읽고 싶다.

온전히 쉬고 싶지만, 그럼에도 무언가 불편한 것을 읽고 싶다. 완벽한 휴양지에서 현지인들과 함께 숨을 쉬면서 땀과 피의 끈적거림이 느껴지는 시들을 읽고 싶다.

정확히 어디서 온 것인지 밝혀낼 순 없지만, 읽는 순간 불편함으로 공감이 가는 그런 시구들을 읽고 싶다. 너무 자유롭고 이국적인, 보헤미안적인 느낌까지 풍겨 동경하고 싶을 만큼 낭만적이지만, 그 자유로운 틈으로 고통과 힘겨움이 풍기는 그런 표현들을 읽고 싶다. 얼핏 보면 아름답지만 들춰보면 뒤틀려 있지만 절대 외면할 수 없는, 심지어 다시 보고 또 보고 싶어지는 그런 장면을 그려낸 글을 읽고 싶다. 아름다운 피와 땀의 노래를 듣고 싶다.

몰타를 상상하며 김이듬의 《표류하는 흑발》을 읽는다. 그리고 반드시 언젠가 발레타에 가서 다시 김이듬의 시를 읽을 것이다. 휴식의 순간에도 삶은 고된 것이라는 사실을 잊지 않고 싶어서다. 세상의 모든 아름다움이 피와 땀과 고통과 한숨으로 만들어졌다는 것을 단 한시도 잊고 싶지 않아서다. 그렇게 쉬면, 진짜 아름다움을 볼 수 있을 것 같기 때문이다.

몰타의 아름다움.

또 문학의 아름다움.

몰타에서 김이듬의 시를 읽으며, 지나간 나쁨은 잊고 아름다움을 채우고 싶다.

지난 일이잖아 잊어
기억은 오물 빠지고 남은 시멘트 벽 기름 때
지금 여기를 말하는 사람들 속에서 오래된 잡화점 같은 나는 한꺼번에 사면 싸게 파는 약방에서 잡다한 약을 삼킨 것 같다
임시로 숨 쉬는 것 같아
옥상에서 가설 극장 카펫을 청소한다
(김이듬의 시 〈비탄 없이 가난한〉 중에서)

이렇게 무모한 상상을 좋아한다.
안락한 몰타에서, 불편한 시를 읽는 아름다운 상상.

• 《표류하는 흑발》, 김이듬 지음. 민음사, 2017

한
문
장
·

"우리는 감미롭게 슬퍼하고
우리는 악하다."

김이듬의 시 〈발코니〉 중에서

이 한 줄로 우리는 '우리'를 생각해볼 수 있습니다. 그리고 우리를 생각하기 전에
나도 생각해볼 수 있겠지요. '함께'가 되기 전에 항상 그 '함께'에 속할 나에 대해 잘
아는 사람이 되고 싶습니다.

한
장
소
•

세인트 피터스 풀
St.Peter's Pool

©trabantos

성스럽게도 아름다운 자연 수영장이자 다이빙장입니다. 자연이 인간을 위해 디자
인한 가장 아름다운 수영장이 아닐까 싶습니다.

뒤돌아보게 되는

청명해서

차가워서 청명한 '

버스 운전사와
무민

핀란드

투르쿠에서

토베 얀손의

《마법사가 잃어버린 모자》를 읽다

　　　　　　　　내가 살고 있는 곳에서 모두
들 봄이라고 들뜨기 시작할 무렵, 선진국이라고 모두들
부러워하는 유럽의 한 나라를 방문했다. 2018년 지속가
능발전해법네트워크UN Sustainable Development Solutions Network
의 보고서에서 의하면, 이 나라는 세계에서 가장 행복 지
수가 높은 나라라고 한다. 복지 제도가 가장 잘 되어 있는
나라 중 하나이며, 미국에 비해 영아 사망률이 낮고 학생
들의 학업 성취도도 높으며 빈곤인구의 비율은 더 낮은
곳이다. 심지어 국민들에게 아무런 조건 없이 매달 70만
원씩 지급하는 기본소득 실험을 하며 복지의 새로운 패
러다임을 만들어, 세계적인 이슈가 되기도 했다. 이 나라
는 그야말로 복지의 천국이자, 멈추지 않고 국민 복지를

위해 고민하는 복지의 최전선에 서 있는 나라이다. 이 나라에서 다섯 번째로 큰 도시에 도착했다. 2월의 끝, 3월의 시작이었지만 도시의 색은 완전히 '흰 색'이었다. 아직 완벽한 겨울이었다.

공항에서 수화물을 기다리며 무민Moomin을 만났다. 무민은 움직이지도, 웃지도 않고 졸린 눈으로 손을 들어 나를 반겼다. 수화물쯤은 천천히 받아도 괜찮다고 말하는 것 같았다.

겨울, 북유럽 핀란드의 투르쿠에 도착했다.

투르쿠 시장 광장Turku Market Square이 바로 내려다보이는 호텔에 여정을 풀었는데, 창밖으로 보이는 해질녘 인적이 드문, 하얀 눈이 쌓인 광경은 정말 가짜 같이 신비로웠다. 이렇게 아름다운 곳이 그렇게 살기 좋다는 생각을 하니 배가 슬슬 아파오는 듯했다.

다음날, 따뜻한 스프 한 접시를 먹고, 새하얀 시장 광장에서 버스를 타고 '무민 월드Moomin World'로 향했다. 너무나도 말쑥하고 세련된 버스 운전기사가 내게 친절하게 인사를 건넸다. 운전기사는 20대로 보였는데, 힙한 헤어스타일에 또박또박한 영어 발음이 인상적이었다. 2월의 끝에 핀란드의 하얀 눈꽃을 가르며 동심의 나라로 향했다. 잘 정돈된 길과 마을을 감상하며, 참 다르다는 생각을 했다. 날씨도, 도로도, 도로변의 집들도 그리고 무엇보다도 운전기사가 다르게 느껴졌다. 한국에서 봤던 수많은 운전기사들과 그의 이미지는 확연히 달랐다. 핀란드의 한적한 도로를 달리는 운전기사의 단정하지만 당당함은 한국에서는 만난 기억이 없다. 내릴 때가 되자, 기사는 처음 탈 때처럼 정확한 발음으로 지금 내려서 가면 된다고 했다. 물론, 과하지 않은 인사로 버스에서 내리는 나의 기분을 업up시켰다.

내리라는 정류장에 하차했는데, 하얗고 황량해서 조금 당황스러웠다. 테마파크라곤 전혀 있을 것 같지 않은, 그냥 북유럽 작은 마을의 버스 정류장에 내려 차가운 바람을 맞으며 행인을 찾았다. 할머니 한 분이 알려주신 대로 가고 있었지만 확신이 서지 않았다. 정말 이런 주택가를 걷다 보면 '무민 월드'가 나온단 말인가? 정말 이 길을 따라가면 바다가 나올까? 무민을 만나러 가는 사람들이 이렇게 없을까? 무민을 사랑하는 아이들이 하나도 보이지 않는 이유는 무엇일까? 이런저런 의문들이 머릿속을 맴돌았다.

　바다가 보였다. 그리고 언 바다를 가로지르는 다리가
보였다. 무민이 사는 섬으로 연결된 다리였다. 코가 떨어
져 나가지 않게 꼭 붙들고, 바닷바람을 가로질러 무민이
사는 섬에 도착했다. 아이들이 있었다. 너무 소박해서 어
색한 매표소에서 입장권을 샀다. 무민이 살았던 어쩌면
살고 있는 집들, 무민과 아이들이 노는 눈썰매장, 무민을
위한 혹은 무민이 직접 쇼를 하는 공연장 등이 있었다. 정
겹다는 표현이 어울리는 소박한 테마파크, 무민 월드는
폭소가 아닌 미소를 만드는 장소였다. 무민과 아이들 그
리고 눈을 구경하고 있으니 내 몸과 마음이 하얘지는 느
낌이 들었다. 커피 한 잔을 들고, 사람 없는 벤치에 앉았
다. 차가운 공기 덕에 마음도 머리도 차가워졌다.

　무민 월드는 핀란드 같았다.
　소박하면서 번잡스럽지 않았지만, 모두들 즐거워 보
였다. 야외 활동을 하기에 날씨는 매서웠지만, 그들은 즐
길 줄 알았다. 나는 적지 않은 소외감을 느꼈다. 함께 느
낄 수 없었음으로. 어색한 광경이었다. 마치 단정하지만
당당한 버스운전사와 같이.

숙소로 돌아오는 길에는 당연히 다른 운전사의 버스를 탔지만, 분위기는 아까와 크게 다르지 않았다. 다만 그가 20대처럼 보이지 않았을 뿐.

그날 저녁, 핀란드 친구를 만나 저녁을 먹고, 실내가 아주 특별히 따뜻하게 느껴졌던 바bar에서 맥주를 주문했다. 친구는 권하지 않았지만, 난 시원함을 상상하며 굳이 핀란드 맥주를 선택했다. 날씨 이야기로 시작해 버스운전사, 무민 월드에 관한 이야기를 거쳐, 낮에 읽은 소설 한 소절을 읊기도 했다. 내가 핀란드의 버스운전사는 특별히 더 멋진 것 같다고 하니, 친구는 웃으며 이렇게 말했다.

"버스운전사가 특별히 덜 멋질 이유는 없잖아!"

대수롭지 않다는 그 반응이 내겐 더 대수로웠다. 내 안에 있던 편견이 들통 났기 때문이었을 것이다. 그렇다. 누구든 멋지고 싶으면 멋져야겠지만, 어쩌면 나의 나라는 그렇게 되기까지가 힘든 게 아닐까 하는 생각이 들었다. 휴식시간 포함 하루에 아홉 시간 이상 운전을 하면 안 되는 핀란드 운전사를, 열여덟 시간씩 장시간 운전을 하기도 하는 한국 운전사와 비교한 스스로가 부끄러웠다. 단정함,

당당함, 맵시 모두 여유 없인 만들 수 없는 것들이니까 말이다.

무민 월드가 핀란드 같다고 말했다. 다른 테마 파크에 비해 소박하고, 사람들이 많지 않아 번잡스럽지 않았지만, 모두들 즐거워하는 것 같다고 했다. 날씨는 추웠지만 다들 즐거워하는 것 같다고. 그래서 살짝 어색하고, 소외감 비슷한 것도 느꼈다고. 내 의견에 친구는 쿨하게 반응했다.

"그건 그저 핀란드의 일부겠지."

무민 월드로 핀란드를 대표할 순 없다는 뜻이었다. 이 역시 반박하기가 힘들었다. 핀란드에 도착한 지 얼마 되지도 않은 이방인이 테마 파크에 잠시 들렀다가 그렇게 느끼고 말해버린 것이 미안하기까지 했다. 친구는 헬싱키에 가면 생각이 달라질지도 모른다고 했다. 그렇다. 그 무엇도 전체를 대표할 순 없다.

그렇다.

그 무엇도 한 나라를 대표할 순 없을 것이다. 미키 마우스가 미국이 아니고, 도라에몽은 일본이 될 수 없고, 뽀

로로가 대한민국은 아니니 말이다.

그 말을 듣고, 나는 핀란드 맥주 라핀쿨타Lapin Kulta를 한 잔 길게 들이켰다. 향은 강한데, 쏘는 맛은 강하지 않아 쭉 들이킬 수 있었다. 시원하게 마시고, 상큼한 기분을 느끼고 싶었다. 그런데 뒷맛이 개운하지 않았다. 친구가 말했다.

"거봐, 내가 그거 마시지 말랬잖아. 그게 핀란드를 대표할 순 없어."

나는 웃었다. 남은 술을 마신 후, 평소 마시던 맥주를 시켰다.

바를 나오니 바람이 찼다.
코가 찡했다. 무민 시리즈 중 하나인 《마법사가 잃어버린 모자》의 한 소절이 생각났다.

아니야.
우린 멋진 꿈을 꿀 거야.
그렇게 꿈을 꾸다가 잠이 깨면 봄이잖아.

나는 그저 꿈을 꾸기로 결심했다.

아무것도 대표할 순 없어도, 그저 멋진 그런 미래를 꿈꿀 것이다. 그렇게 꿈을 꾸다가 잠이 깨면 봄이 올지도 모르니. 그리고 낯선 맥주의 맛은 마시기 전에는 절대 상상하지 않기로 했다.

• 《마법사가 잃어버린 모자》, 토베 얀손 지음, 이유진 옮김, 작가정신, 2018

한
문
장
·

"나는 행복한 지금 이 순간이 멀어져 가는 것을
두려워하지 않는다는 사실에 또다시 행복해."

맞습니다. 아무리 생각해봐도 행복은 용감한 사람들의 몫인 것 같습니다. 그래서
우리도 무민처럼 용감해질 필요가 있습니다. 두려움 앞에서 더 강해질 필요가 있습
니다.

아보아 베투스 앤드 아르스 노바 박물관
Aboa Vetus & Ars Nova

오전 10시 36분. 강가를 한적하게 산책하다. 북유럽식 브런치로 허기를 지우고, 현대 미술의 아방가르드함을 살짝 느끼고 싶다면 가볼 만한 곳입니다. 물론 큰 기대는 금물입니다.

주소 Itäinen Rantakatu 4-6, 20700 Turku, Finland

n개인
운명에 관하여

덴마크
코펜하겐에서
데이비드 에버쇼프의
《대니쉬 걸》을 읽다

(코펜하겐 대신 크론보르)

분명한 것은 무려 20여 년 전에도 코펜하겐에 다녀왔
다는 것.

신기한 것은 무려 코펜하겐에 대한 기억이 거의 없다
는 것.

코펜하겐 대신 내 기억의 공간을 차지한 것은 '크론
보르Kronborg'였다. 크론보르는 셰익스피어가 쓴 '우유부단
한 덴마크 왕자 이야기'의 배경이 되는 성이다. 우유부단
한 왕자의 이름은 '햄릿'이고, 스토리텔링을 가진 관광지
들이 늘 그렇듯, 크론보르에는 볼거리가 별로 없다. 대신

이야기가 있고, 그래서 '보기' 대신 '느끼기', '생각하기'가 가능한 곳이다.

그곳에서 느끼고 생각한 지가 스무 해도 더 지났지만 그때의 한적했던 성터, 여름 바다, 그리고 거기서 《햄릿》을 다시 읽고 싶은 마음은 고스란히 남아 있다. 성을 배경으로 앉아 바닷바람을 맞으며 햄릿의 운명과 나의 미래에 대해 생각했던 그 '느낌'은 고스란히 기억 속에 머물러 있다.

햄릿의 신중한 성격이 그의 운명을 좌지우지한 것일까?

아니면, 햄릿은 운명적으로 우유부단한 성격을 지닌 것일까?

햄릿보다 더 우유부단한 내 인생은 어찌될까?

아니면, 이 우유부단함이 나를 새로운 운명으로 인도할까?

돌이켜보니, 그 시절 코펜하겐은 그저 간이역 같은 곳, '크론보르'로 가기 위한 경유지 같은 곳이었을 테니 당연히 내 기억에 제대로 남아 있을 리가 없었다. 문학이 더 성스러웠던 젊은 시절, 내가 누군지 절실히 궁금했던 그 무렵 《햄릿》이 그렇게 좋을 수 없었다. 《햄릿》의 시그

니처 인용구보다 내가 더 좋아했던 구절은,

"*God hath given you one face, and you make yourself another*(신은 너에게 하나의 얼굴을 줬고, 너는 스스로 또 하나의 얼굴을 만들어야 한다)."

이다. 또 하나의 얼굴을 내가 만들 수 있다는 말이 마음에 와 닿았다. 이미 받은 것도 있지만 새로 만들 것도 있다는 그 말.

2016년 4월, 덴마크를 다시 찾았을 때는 크론보르까지 갈 시간이 없었다. 코펜하겐 대학교에 방문할 일이 생겨 짐을 싸면서 크론보르를 생각하긴 했다. 햄릿도 생각했지만 그와 동행할 순 없었다.

(햄릿 대신 덴마크 소녀)

슬로베니아 류블랴나에서 덴마크 코펜하겐까지 가는 길 중간에 취리히 공항에 잠시 머물렀을 때, 《햄릿》 대신 덴마크에서 읽을 책을 고르려고 공항 서점에 들렀다.

"그래, 덴마크로 가니까 '덴마크 소녀'가 좋겠어!"라
는 단순한 생각으로 고른 책, 표지의 아름다운 두 사람이
오묘하게 매력적이라서 쉽게 지나칠 수 없었던 책, 영화
원작이라는 광고와 공항 서점에서 판매하는 책이니 가
독성은 고민하지 않아도 되었던 책,《대니쉬 걸》을 골랐
다.《햄릿》과 같이 어떤 운명에 관한 이야기.

화가인 게르다와 에이나르 부부

어느 날, 아내 게르다는 남편 에이나르에게 작은 부탁
을 한다. 잠시만 여자 모델 역할을 해달라고. 그 후 에이
나르는 새로운 자신을 발견하게 된다. 자신 안에 있었던
'큰' 여성성을.

그 후로 게르다는 다른 방식으로 남편을 사랑하기 시
작한다. 남자로 만난 남편이 여자가 되어가고 있음에도
사랑할 수밖에 없는 운명. (작가 데이비드 에버쇼프의 말에
의하면 최초가 아닌, 최초 중 하나일 수 있는) 트랜스젠더의
실화를 바탕으로 쓴 이 소설은 '사랑'의 의미에 대해 다시
생각하게 하는 이야기, 스스로에게 '정체성'에 대한 질문
을 던지게 하는 이야기, 이 이야기는 '인권'에 대한 이야

기를 다른 방식으로 표현한 작품으로 알려져 있으며, 그렇게 봐도 무방하다.

하지만 작품에 빠져들면 빠져들수록 역시 《햄릿》이 떠오른다. 결국 에이나르는 《햄릿》 속 대사처럼 스스로 새로운 얼굴을 만들었으니.

남자였던 에이나르가 성전환 수술을 해서 여자 릴리가 된 것은 '운명'일까?

아니면, '운명'을 극복한 것일까?

그토록 되고 싶었던 여자가 된 후에 얼마 살지 못하고 맞이한 그의 죽음은 '운명'일까?

아니면, '운명'을 거스른 대가일까?

부인 게르다가 끝까지 남편인 에이나르이면서 릴리의 곁을 지킨 것은 운명적 사랑인가?

아니면 사랑이라는 운명인가?

성에 관한 담론 중 남과 여로 나누는 이분법을 개인적으로 혐오한다. 그런 이분법을 선택할 바에는 미신처럼 들리는 운명론의 손을 들어주는 것이 나을지도 모르겠다는 생각을 한다. 어쩌면 우리는 그저 각자의 '운명'에 맞춰 살았고, 살고 있으며, 살아야 할지도 모른다고 생각한다. 이분법을 즐기는 자들이 세상에 성이 두 개가 아니면 도대체 몇 개가 존재하느냐고 묻는 질문에 나는 항상 "n개"라고 대답한다. 성은 상수가 될 수 없다고. 그것은 우리의 운명이 n개인 것과 같다고.

덴마크 소녀 대신 유아이

덴마크에 다녀온 지 한참이 지났다. 나는 코펜하겐 해변의 랑겔리니 공원Langelinie Park에 앉아 읽었던《대니쉬 걸》을 우리 집 서재에 꽂아 두었다. 그리고 아내에게 이 책이 매력적인 이야기라고 소개하고 읽기를 추천했다. 아내는 그 매력적인 이야기를 읽었다.

2018년 초 나는 '유아이'라는 야구선수가 주인공인 퀴어 소설을 발표했고, 2018년 말에는 영화〈보헤미안 랩소디〉에 빠져 극장에서 같은 영화를 다섯 번이나 봤다. 그중 한 번은 아내와 함께 관람을 했고, 영화를 보고 난 후 프레디와 메리의 특별한 사랑에 대해 일장 연설을 하기도 했다. 그리고 퀴어학계와 문학계에서 왕성한 활동을 하고 있는 애너매리 야고스 교수의 서적들을 탐독하며, 관련 논문을 준비하고 있었다. 뿐만 아니라 류블랴나에 살

고 있는 몇몇 '무지개빛' 친구들과 교류를 하며 연극 공연
도 했다.

그런 모습을 지켜보던 아내가 어느 날, 아주 조심스럽
게 내게 이런 말을 건넸다.

"여보, 나는 가끔 당신이 '릴리'가 되는 상상을 하곤 해."

"'릴리'가 되는 상상"이라는 말을 내가 이해하지 못하
자, 그는 《대니쉬 걸》을 손가락으로 가리켰다. 그제야 나
는 아내의 의도를 파악했다. 처음에는 아내가 왜 그런 생
각을 했는지 도무지 이해할 수 없었는데, 설명을 듣고 보
니 그럴 법도 했다.

나는 퀴어 소설을 쓰고, 퀴어 영화를 반복해서 보고,
퀴어 관련 서적을 탐독하고, 퀴어 문학을 연구하고, 퀴어
친구들과 어울리는 남편이었으니 말이다. 나는 웃으며 그
럴 리 없다고 아내에게 말했다. 꼭 안아주며 "절대"라는
말도 덧붙였다.

하지만 '무지개빛' 친구들에게 큰 관심이 있는 걸 스스
로 부정하지 않았다. 다른 사람들보다는 더 가까운 거리에

서 그들과 함께 살며, 그들에게 무언가를 배우고, 그들과 무언가를 만들어가고 싶은 마음은 여전히 변함이 없다.

나는 '릴리'가 되진 않겠지만, '릴리'와 같은 친구들을 이해해야 하는 사람의 운명을 행복하게 받아들일 준비가 되어 있다. 그리고 무엇보다 아내를 사랑할 운명을 계속해서 굳게 지킬 생각이다.

• 《The Danish Girl》, David Ebershoff 지음, Weidenfeld & Nicolson, 2015

한
문
장
·

"에이나르는 외로웠다.
그리고 세상 누가 자신을 알아볼 수나 있을지
의문스러웠다."

Einar felt lonely, and he wondered
if anybody in the world would ever know him.

외로움은, 나는 나를 찾았는데 세상이 나를 몰라줄 때 느껴지는 감정이죠. 이 작품
은 바로 그런 외로움에 관한 이야기입니다.

—
270

©Olga Gavrilova

뉘하운
Nyhavn

코펜하겐에 도착하면 보기 싫어도 보게 될 '새로운 항구'라는 뜻의 뉘하운. 뉘하운은 보는 게 아니라 느껴야 합니다. 영화처럼 아름다운 풍경에 흥분하지 말고, 차분하게 한 걸음, 한 걸음 걸어보세요. 그러면 비로소 느껴집니다.

주소 Indre By, Copenhagen, Denmark

이 도시와
그 소설이 비슷한
몇 가지

살다 보면, 비슷한 것들을 자주 만나게 된다. 어떤 것들은 비슷할 만해서 비슷하고, 어떤 것들은 그렇지 않은데도 닮아 있다. 보통 후자가 훨씬 매력적이다. 다름 속 닮음을 발견하면 짜릿함이 느껴진다.

그 도시로 떠나기 전에는 전혀 상상하지 못했던 일이 벌어졌다. 내가 가지고 간 소설과 도착한 그 도시가 비슷하다니.

첫째, 이미 느껴지는 타당한 기대가 있었다.

분명히 처음인데 긍정적 기대의 전율이 이미 느껴질

때가 있다. 책장을 열기 직전에 다가오는 특별한 기대 같은 것. 특히 좋아하는 작가의 신작을 접할 때 느낄 수 있는 전율. 첫 문장을 읽기 전 차례를 쭉 읽을 때 떨려오는 마음. 좋아하는 밴드나 뮤지션의 LP나 CD를 사서 듣기 직전 비닐 포장을 뜯을 때 느껴지는 기대 같은 것. 비닐을 뜯어 레코드를 플레이어에 올린 뒤, 음악이 나오기 전 기기의 작동음이 들리는 찰나 전해지는 느낌. 그 기대의 전율은 내가 이미 알기 때문에 느껴지는 것이다. 그 작가의 역량을 알기 때문에. 나는 그 앎의 전율을 사랑한다.

이번 생에 라트비아는 처음이었다.
당연히 라트비아의 수도 리가도 처음이었다.

처음이지만 어떤 맥락이 존재하는 기대로 가득 차 있었다. 앎의 전율 같은 것. 유럽 내에서도 특별히 핫한 관광지인 발트 3국 에스토니아, 라트비아, 리투아니아 중 가장 큰 나라. 세 나라 중 소련과 러시아의 흔적이 가장 많이 남아 있는 곳이자 반려 감정도 만만치 않은 나라. 한국에선 심수봉의 노래로 유명하고, 러시아에서는 국민가수 알라 푸가초바의 곡으로 알려진 〈백만 송이 장미〉는 원래 라트비아의 가요이다. 라트비아는 러시아와 유럽을 함께 품고 있는 특별한 나라이다. 더군다나 리가는 유럽에서도 가장 아름다운 올드 타운을 자랑하는 곳이다. 러시아에서 살았고, 지금은 유럽에서 사는 나에겐 정말 궁금하고 기대가 되는 곳. 역사의 다이내믹함이 넘쳐 그곳 사람들을 궁금하게 만드는 곳.

천명관의 소설을 펼치면 자연스레 머릿속으로 짜릿하게 느껴지는, 예상되는 타당한 전율이 있다. 입체적인 캐릭터와 탱탱한 플롯이 공존할 것이라는 기대. 서사의 다이내믹함이 넘쳐 다음 장이 궁금해지는 힘. 공존할 수 없는 것이 공존하는데, 보기 좋기까지 한 작품. 게다가 즐겁게 읽을 순 있지만, 절대 따라 쓰지는 못하겠다는 절망 비슷한 슬픔까지.

리가의 첫 페이지는 정확히 그랬다. 러시아와 유럽이 공존했고, 빈과 부가 공존했으며, 거대함과 아기자기함이 공존했고, 산업과 자연이 공존했다. 도시는 다이내믹했고, 유럽의 어느 도시와도 같지 않았다. 나의 기대는 타당했다.

둘째, 그 안을 채우고 있는 개성적인 것들이 있었다.

압도적인 것에는 거부감이 있다. 그래서인지 리가의

올드 타운에서 나를 사로잡았던 것은 '검은머리전당House of the Blackheads'이 절대 아니었다. 부인할 수 없이 이 건물은 유럽의 어느 나라에 간다고 해도 쉽게 만나기 어려운 압도적인 개성이 돋보인다. 이집트의 수호신들로 외부가 장식된, 독특하게 예쁘다는 말이 어울리는 건물이었다. 하지만 내겐 딱 그만큼이었다.

"음, 꽤 괜찮네. 사진 한 장 찍어야겠어!"

자연스럽게 에스토니아의 수도 탈린의 '세자매 건물'이 떠오르는 리가의 또 다른 명물 '삼형제 건물'도, 그 사연이 살짝 궁금하긴 했지만 크게 관심이 없었다. 베드로 성당이나 자유의 여신상은 역사적 의미도 있고, 개성이 충만한 건축물들이었지만, 뭔가 더 특별한 '애정'이 가지 않았다. 맛은 있지만 맛의 비법이 궁금하지 않은 음식처럼, 한 번은 재미있게 봤지만 다시 볼 것 같지 않은 영화처럼. 압도적인 애정은 느껴지지 않았다.

내 마음을 끌었던 것은 시내 곳곳에서 '나 예쁘죠?'라고 속삭이는 아르누보 양식의 건물들이 아니라, 스웨덴 문 안쪽을 채우고 있는 골목들이었다. 좁은 골목에 나무 창문, 당장 보수를 하지 않으면 떨어질 것 같은 빛바랜

벽, 문에 붙어 있는 용맹해 보이지 않는 사자, 오밀조밀 붙어 있는 오래된 보도블록들이 마음을 끌었다.

마치 그것은 천명관의 《고령화 가족》 속 주인공들에게 느꼈던 감정과 비슷했다. 압도적인 외모와 더럽기 짝이 없는 전사前史를 지난 쉰두 살의 '오한모'보다, 예술적 감각과 고학력에, 전처이긴 해도 아름다운 부인까지 있었던, 심지어 주인공 프리미엄까지 있는 '오인모'보다, 가족들마저 고개를 돌린 이혼 두 번의 바람 전문가로 거의 쉰 살인 아줌마 '오미연'보다, 10대답게 평범하게 투덜거리며, 적당히 무심하며, 의리가 뭔지 아는 '장민경'이 더 좋았다.

압도적인 것들 사이에서 작은 개성을 빛내는 존재가 천명관의 작품에도, 라트비아의 리가 거리에도 있었다.

셋째, 대단하지 않은 것들을 즐기게 하는 묘한 매력이 있었다.

리가 시내를 한참 돌아다니다 거리 한복판의 흔한 코스타 커피에 들어가 에스프레소를 한 잔 마셨다. 유럽에서 가장 흔한 커피 체인에 앉아 매일 두 잔씩 마시는 에스프레소의 맛이 특별할 리 없었지만, 그래도 그 맛은 특별했다. 창밖 풍경이 대단한 것도 아니고, 커피숍 안의 음악이 미각에 긍정적인 자극을 줄 만큼 매력적이지도 않았다.

마치 《고령화 가족》의 '삼양라면' 같다고 하면 이해가 될까? 아무것도 첨가하지 않은 '민짜'로 끓인 '삼양라면'이 갖고 있는, 평범해서 '특별한' 그런 맛이 느껴졌다면 믿을까?

리가의 올드 타운 한복판에 있는 코스타 커피의 맛이 딱 그랬다. '민짜'로 찐하게 끓인 흔한 글로벌 커피 체인의 에스프레소.

딱 그뿐이지만 충분했다. 대단하지도 않은 것 혹은 그래서 편하게 즐길 수 있는 힘, 그런 힘을 가진 도시에서, 그런 힘을 가진 소설을 읽었다.

넷째, 돌아선 후 슬퍼져서 더 슬펐다.

며칠 간 이곳저곳 리가를 구경하고 집에 가기 위해 공항으로 가는 버스 안에서 이상하게 마음이 무거워졌다. 길 때문이었다. 시내에서 공항까지 가는 길 때문이었다. 택시를 타고 공항에서 시내로 들어갈 때는 보지 못했던, 도시의 상처들이 보였다. 도시의 그림자들이 눈에 들어왔다. 시간이 만든 상처, 하지만 아직 치유되지 않은 상처들

말이다. 런던이나 상트페테르부르크의 뒷골목들처럼 무서운 느낌이 들며 어두운 건 아니었지만 가슴이 깊게 무거워졌다. 그 골목을 어느 도시에나 있는 '슬럼'이라고 치부하고 털어버리면 괜찮을 수도 있었겠지만, 그렇게 되지 않았다. 그것은 아마 버스가 멈췄을 때, 승차하는 사람들의 표정 때문이었을 것이다. 몇몇은 웃고 있었고 버스 운전사와 인사를 나누기도 했지만, 그 얼굴에서 무거운 삶을 완전히 들어낼 순 없었다.

마치 《고령화 가족》의 독후讀後와 같았다. 천명관의 그토록 재미있는 소설을 다 읽고 찾아온 '우울'에 대해 "그래, 이런 집구석도 있지!"라는 한마디로 감정을 털어버릴 수 있는 사람은 흔치 않으니 말이다.

"그 소설 정말 재미있어!"

이렇게 한마디로 누군가에게 추천하기엔 이 소설의 어둠은 깊다.

리가가 보여준 마지막 우울은 그런 것이었다. 쉽게 지워지지 않는, 돌아선 후 슬퍼져서 더 슬픈 슬픔.

—

살다 보면, 비슷한 것들을 자주 만나게 된다. 어떤 것들은 비슷할 만해서 비슷하고, 어떤 것들은 그렇지 않은데도 닮아 있다. 어쩌면 애정을 가지고 보는 것들은 다 비슷하지 않을까? 리가와 《고령화 가족》의 가장 큰 공통점은 역시 내가 애정을 가지고 그것을 보고 느꼈다는 것일 테니.

• 《고령화 가족》, 천명관 지음, 문학동네, 2010

한
문
장
·

"행복한 가정은 모두 똑같지만
불행한 가정은 각각 다른 방식으로 불행하다."

《안나 카레리나》의 법칙은 어디에서나 적용됩니다. 행복한 사람은 거의 같은 방식
으로 행복하고, 불행한 사람들은 각기 다른 이유로 불행한 것 같아요. 그래서 더 슬
프지요. 행복은 하나인데, 불행은 더 많은 것만 같아서요.

©Grisha Bruev

라이마 시계탑
Laima Clock

아담한 시계탑입니다. 하지만 시계탑 주변은 리가를 대표할 만큼 활기찹니다. 맛집들도 많습니다. 리가에 가셨다면 라이마 시계탑을 보고, 라이마 초콜릿도 꼭 먹어봐야 해요. 초콜릿은 언제나 진리니까요.

주소 Aspazijas bulvāris 20, Centra rajons, Rīgas pilsēta, LV-1050

코를
시큰거리게 하는
《코》

"*An extraordinarily strange event took place in St Petersburg on 25 March*(황당하리만큼 이상한 일이 3월 25일 상트페테르부르크에서 일어났다)."라는 문장으로 시작하는 소설이 있다.

여느 때처럼 회사에 늦어 국이라도 대충 먹고 후다닥 뛰어나가려고 숟가락을 국그릇에 넣었다. 후딱 먹고 가려고 급한 마음에 한 숟갈 들어 입에 넣으려는데, 숟가락 위에 있어야 할 고기나 야채는 온데간데없고, 절대 국 속에 있어선 안 될, 설사 국 안에 있더라도 두 눈으로 확인하고 싶지 않은 기괴한 것이 떡하니 있다.

'코'.

다름 아닌, 사람의 '코'가!

도저히 믿을 수 없어 '눈을 비비고 다시 (만져)보'아도 역시 '코'다. 그런데 심지어 '아는 사람의 코 같'기도 하다. 이런 설정을 듣고 어떤 이는 연쇄살인범이 희생자의 신체 각 부위를 메스로 정교하게 잘라 보여주는 내용의 가와 이 간지의 소설《데드맨》의 한 장면을 떠올릴 수도 있다. 하지만, 이 작품은 일본 소설이 아니다. '먹고 있던 국 속에서 왠지 낯익은 코를 발견한다'는 그로테스크한 설정은 다름 아닌 러시아 소설에서 등장한다.

3월 25일 아침, 국에서 코를 발견한 사람은 이발사 이반 야코블레비치 씨다. 그런데 야코블레비치 씨가 국 안에서 발견한 문제의 그 코는 도대체 누구의 것일까?

같은 도시에 사는 코발료프 씨는 러시아의 관료다. 8등관이니 사실 그리 높은 지위는 아니다. 하지만 높은 척, 잘난 척은 다 하는 양반이다. 외모에 관심이 많은 코발료프 씨는 아침부터 '(자신의) 콧잔등에 솟아난 뾰루지가 어떻게 됐는지' 궁금해서 거울을 본다. 그런데 '놀랍게도 있어야 할 코는 온데간데없고 얼굴은 그저 편평하기만' 하다. 얼굴의 일부가 사라진 것이다.

'코'.
다름 아닌, 사람의 '코'가!

코발료프 씨는 아침에 일어나 자신의 코가 '증발'해버렸음을 알고 절망한다. 그리고 잃어버린 코를 찾아 상트페테르부르크 거리 곳곳을 헤매다 자신의 코를 발견한다. 하지만 자신의 코는 '5등 문관' 행세를 하며, 자신의 본체本體를 본체만체하고 사라진다. 이 괴기스러운 '코 증발기(혹은 추격기)'가 러시아의 거장 니콜라이 고골의 《코》라는 작품이다.

그런데, 왜 하필 '코'일까?
입도, 눈도, 귀도 아닌 코!

작품 속에서 코는 아마도 남성성의 상징일 것이다.
코발료프 씨는 코가 사라지자, 앞으로 여자들을 못 만나게 될까 봐 걱정한다. 분명 여자들은 '코(남성성)' 없는 자신을 싫어할 게 분명하고, 심지어 코가 사라진 것의 배후가 자신이 혼인을 거절한 집안의 소행이라고 믿는다. 시기와 질투가 남성성을 앗아간 것이라고 그는 생각한다.

뿐만 아니라 코는 유이하게 세상을 향해, 또 상대방을 향해 뻗어 있는 신체기관이다. 남성은 성기와 코가, 여성은 가슴과 코가 그렇다. 남성에게 있어 코는 상대와 가장 가까운 몸의 일부이다. 세상과 가장 가까운 몸의 일부. 코가 없다는 것은 어쩌면 상대와 (아주 조금이겠지만) 더 멀어진다는 것, 세상에서 한 뼘 물러서야 한다는 게 아닐까?

잘난 척하는 자들에게 "콧대가 높다"고 말하는 걸 봐도 코의 상징성을 엿볼 수 있다. '코'는 그렇다. 드러내고 싶은, 추켜올리고 싶은 무엇! 그런 코를 잃은 코발료프 씨는 그렇게 세상에서 조금 멀어진 채로 차가운 도시를 방황한다. 그러다 세상과의 한 뼘을 채워줄 자신의 '코'를 만나지만 콧대 높은 5등관 '코' 앞에서 야코가 죽어(기가 죽어) 한마디 말도 제대로 못한다. 남성성을 잃은 남성이 남성성이 전부인 남성 앞에서 고개를 숙이고 만다.

유학시절, "황당하리만큼 이상한 일"이 벌어진 상트페테르부르크에 몇 차례 간 적이 있다. 상트페테르부르크의 여름은 완벽하게 눈부시다. 러시아의 고유한 어둠은 거의 찾아볼 수 없다. 에르미타시 미술관Hermitage Museum의 작품들은 한결 더 밝고 아름답게 보인다. 넵스키 대로의 아이스크림과 초콜릿은 달콤함의 정의를 일러준다. 성 이삭 성당의 전망대에서 페테르부르크의 바람을 맞고 있으면, 성당 자체의 아름다움은 잊혀질 정도로 도시가 아름답다. 여름 궁전으로 알려진 페테르고프Peterhof는 러시아의 베르사유라고 불리는데, 프랑스의 베르사유가 '프랑스의 페테르고프'로 불리는 것이 맞을지도 모른다는 생각이 들기도 한다. 무엇보다 여름 상트페테르부르크의 백미는 백야다. 다리의 도시에서 하얀 밤에 열리는 다리를 보고 있으면, 가능하다면 아름다운 '백야'를 당장 수입이라도 하고 싶을 정도로 환상적인 경치가 나타난다.

고골은 이런 환상적인 도시에서 왜 그런 절망적인 작품들을 썼을까?
아니, 어떻게 그런 작품들을 쓸 수 있었을까? 답은 장소가 아닌 시간에 있었다.

3월 즈음 그곳에 간 적이 있다.
찬란한 여름이 아닌, 어두운 3월.
분명히 여름의 상트페테르부르크가 훨씬 좋다는 것을

알면서도 왜 3월에 그곳에 갔을까? 3월이니 지구 북반부가 다 봄일 것이라는 착각을 했다. 적어도 한겨울은 아닐 거라고 생각했던 것 같다.

그것은 그야말로 완벽한 착각이었다. 상트페테르부르크의 3월은 그야말로 딱 겨울이었다. 기온은 영하 10도에 가까웠고, 네바 강에서 불어오는 강바람은 '메스'라는 비유가 적확할 정도로 날카로웠다. 그 바람을 가르고 걷고 있으니 고골의 작품들이 떠올랐다. 고골의 《외투》에서 주인공 아카키 아카키예비치가 그토록 '외투'에 집착한 이유를 절로 알 수 있었다. 두툼한 외투가 간절한 3월이라니. 하지만 이상하게도 그 차갑디 차가운 공기가 싫지만은 않았다.

어느 해, 3월 25일 아침 식사 중에 정체불명의 '코'를 발견한 이발사 야코블레비치 씨가 살았던 보즈네센스키 대로에서 고골의 생가가 있는 그리보예도브 수로까지 걸으면서 《코》가 그저 고골의 머리에서 나온 상상의 산물이 아닌, 고골의 경험이 만든 작품이라고 나는 확신하게 되었다.

고골은 걸었을 것이다, 그 거리를.

3월뿐만 아니라, 2월에도, 1월에도, 12월에도 그리고

11월에도 걸었을 것이다. 더 추웠겠지. 그리고 한 번이 아니고, 어쩌면 매일. 해가 짧아 금세 어두워졌을 어둠의 오후에도 걸었을 것이다. 바람은 더 매서웠을 테고, 눈보라 때문에 한치 앞을 보기 힘든 날도 있었겠지. 살아 있는 동안 작가로서 부귀영화를 누리지 못한 고골의 삶은 당연히 하급관료였던 아카키 아카키예비치의 그것과 크게 다르지 않았을 것이다. 남루한 외투 하나를 걸치고, 코가 떨어져 나갈 듯한 추위를 뚫고 보즈네센스키 대로를, 넵스키 대로를 그는 걸었을 것이다.

고골의 작품《코》도, 고골이 살았던 상트페테르부르크도 나의 코를 시큰거리게 한다.

요즘도 가끔씩 고골의 《코》를 읽으면, 코가 시큰거리는 듯하다. 상트페테르부르크가 떠오른다. 그러면 자연스레 네바 강의 찬바람도 느껴진다. 여름의 찬란함이 아닌.

슬며시 정신도 맑아진다. 그렇게 내 '코'를 만지며 상트페테르부르크를 다시 떠올린다. 그리고 추운 바람을 뚫고 넵스키 대로를 걸었을 고골을 떠올린다. 그렇게 상트페테르부르크하면 늘 겨울이 생각난다.

그 아름다운 여름이 아닌.

좋은 추억의 여름이 아닌.

자연스럽게, 어쩌면 현실보다 문학이 내 삶에 더 깊이 각인되는 느낌이 든다. 차갑고 강하게 각인되는 느낌, 상트페테르부르크의 3월 바람처럼.

• 《Петербургские повести》, Николай Гоголь 지음, Детская литература, 2017

한
문
장
·

"HOC"

HOC[노쓰]는 러시아어로 '코'라는 뜻이고, 고골의 《코》의 러시아어 원제입니다. 제목을 거꾸로 쓰면 COH[쏜]이 되는데 '꿈'이라는 뜻입니다. 고골은 이미 알고 있었습니다. 본인의 작품이 꿈과 같다는 것. 그리고 삶도 그렇다는 것을.

성 이삭 성당
St. Isaac's Cathedral

성당 전망대에 꼭 올라가보세요. 러시아와 하늘과 강과 바다와 땅을 동시에 보고 싶은 분, 바람을 좋아하는 분, 예술을 사랑하는 분이라면 한 번쯤 가도 좋을 곳입니다. 도시 전체를 한 번에 보는 것만으로도 마음이 뻥 뚫립니다.

주소 St Isaac's Square, 4, Sankt-Peterburg, Russia, 190000

도시를 걷는 문장들

©강병융, 2019

초판 1쇄 발행 2019년 5월 30일
초판 3쇄 발행 2021년 3월 8일

지은이 | 강병융
펴낸이 | 이상훈
편집인 | 김수영
본부장 | 정진항
편집1팀 | 이윤주 김단희 김진주
마케팅 | 천용호 조재성 박신영 성은미 조은별
경영지원 | 정혜진 이송이

펴낸 곳 | 한겨레출판(주) www.hanibook.co.kr
등록 | 2006년 1월 4일 제313-2006-00003호
주소 | 서울시 마포구 창전로 70(신수동) 화수목빌딩 5층
전화 | 02) 6383-1602~3 **팩스** | 02) 6383-1610
대표메일 | book@hanibook.co.kr

ISBN 979-11-6040-262-9 03810